石原莞爾の王道論と
淵上辰雄『派遣日記』

——魂の呼応——

野村乙二朗編

同成社

目　次

全人類を救う大文章
――石原莞爾の王道論と淵上辰雄『派遣日記』――

野村　乙二朗

転換点としての一九四〇年（昭和十五）

歴史の転換点というような年も凡庸な人間にとっては、多くの場合、雑多な日常の営みの連続に過ぎません。一九四〇年（昭和十五）という年も、殆どの日本人にとっては「紀元二千六百年」という国家的な建国記念行事に加えて、個人的で些細な日常的雑事が目白押しで、非常時としての深刻な歴史の流れを覆い隠していました。(1) すでに翌年に始まるアメリカとの戦争の気配が濃厚に立ちこめており、勃発以来三年を経てなお解決の糸口すら見えていない日中戦争も切実に打開策を求めていましたが、そうした兆候も市井の人間にとっては生活物資の不足に対する不安以上のものではありませんでした。この状態に警鐘を鳴らし続けたのが、当時、京都第十六師団長であった石原莞爾です。

「東亜連盟」は「王道連盟」である

その十月十七日に石原莞爾は昭和会館で「新体制と東亜連盟(2)」という講演をしました。この年に石原は

『最終戦論』『昭和維新論』『満州建国と支那事変』等を立て続けに出版しましたが、この講演はそれらの要旨をまとめたとも云えるものでした。石原の危機意識が濃縮した内容で、これを要約することなど筆者の筆力の及ぶところではありませんが、誤解を恐れずに要旨を云えば次の三点にまとめることが出来ます。

1　この年、第二次近衛内閣の発足前後から盛んに称えられている「新体制」とは、三十年内外に迫っている「最終戦争」に備えて東アジアの政治力・軍事力を結集するための「東亜連盟」のことに外ならない。

2　満州建国は「新体制」建設の第一歩となるはずであったが、「旧体制」の日本から押しかけた日系官吏によって「旧体制」に押し戻されたため、期待を裏切られた中国人の怒りを買い、そのために日中戦争が勃発した。この戦争は「東亜連盟」にとっては「新体制」確立のための「内乱」である。

3　日本を統一した明治維新と、アジアを統一する昭和維新を貫く「新体制」の根本理念は「王道」であり、「東亜連盟」は「王道連盟」である。

「王道」と朝鮮問題

石原の「王道」が生まれ故郷「庄内」の文化遺産『南洲翁遺訓』(3)に基づくものであったことは良く知られています。「庄内」では西郷隆盛が明治維新で実践した「王道」は、眼前で展開された史実として繰り返し人々の脳裏に刻み込まれていたのです。石原の場合、それが更に日蓮信仰によって不動の信念となっていたことは間違いありません。日蓮御遺文の「強きを恐れ、弱きをおどす、これ畜生の心なり」という言葉くらい、当時の日本人の堕落ぶりに憤慨する石原の心情を代弁するにふさわしい言葉はありません。(4)「王道」はそれと正反対に「強い者の弱い者に対する寛容と配慮に基づく協力関係」(5)を求める政治姿勢です。しかし四〇年（昭和十五）という要《かなめ》の年に石原が改めて「王道」を強調したのは、この観念以外に当時の東亜連盟が抱える矛盾を克復する適切な概念がなかったからです。

東亜連盟にとって最も深刻な矛盾は朝鮮問題でした。一九一〇年（明治四十三）の韓国併合以来、朝鮮総督府では「独立」運動を即「反日」運動と捉えていましたから、東亜連盟の主張する「政治の独立」など危険きわまりない思想と思われたのです。それは当時の日本人の多くが東亜連盟に対して懐いて居た懸念であり、残念ながら東亜連盟の同志の間ですらこの運動に朝鮮問題を持ち込むことには反対論が強かったのです。逆に石原は朝鮮を抜きにして東亜連盟を考えることは出来ませんでした。

彼がこの問題を切実に考えるようになったのは曺寧柱のような独立運動の闘士が彼の傘下に入ってきたことと無関係ではないでしょう。曺が石原を初めて訪れたのは三九年（昭和十四）一月、石原が舞鶴要塞司令官の時でした。この時、石原は曺に「朝鮮人ほど政治好きな民族はない。政治の自由を認めたい。人心の収斂でもある」(6)と云っています。ですからこの年十月に東亜連盟協会が発足する時点から石原は朝鮮についても「政治の独立」をその綱領に掲げることを求めていました。しかしこのことについては協会幹部達はこぞって反対で、その声を代表して宮崎正義は四〇年（昭和十五）七月、石原に対して「連盟協会が朝鮮人問題に対して総督府の政治に批判を試み、独立運動者を先覚者の如く取り扱い、その転向者等を糾合」することはいたずらに当局の弾圧を招くだけだとこの問題にこれ以上深入りすることに断固反対を表明しました。[7] さすがに石原もこれら協会幹部の一致した反対を無視することは出来ませんでした。その石原にとって、「王道」は朝鮮を含む「政治の独立」とほぼ同じ内容を持つ言葉だったのです。

淵上辰雄の感激

石原のこの十月講演を、当時、東亜連盟協会東京本部で工作員をしていた淵上辰雄ほど感激を持って受け止めた人間はいなかったと思われます。三八年（昭和十三）の三月からの一年弱、日中戦争の最前線であった山西省新絳《しんこう》の地で「宣撫官」（占領下の中国人と日本軍との間に立って占領政策の円滑な実施を図った軍属）を体験した淵上には、石原の時局認識の的確さと「王道」概念の広がりは、これこそ「全人類を救う大文章」[8] であったのです。

今日、淵上辰雄の思想を伝えるものは宣撫官『派遣日記』以外にありません。その内容を正確に知るにはこれを読んで貰う以外ありませんが、この日記には二つの歴史的意義があります。第一は、もちろん、これが生々しい日中戦争の戦場記録であるということです。これを読めば我々は臨場感をもって日中戦争を追体験できますが、それは従来の日中戦争観の是正を迫るものです。第二には、これが晩年の石原の側近としての淵上の思想の淵源と共に、彼が石原に傾倒するに至る道筋を物語るものであるということです。この日記には王道という言葉は出てきませんが、淵上の宣撫官としての行動記録が、そのまま「王道」の実践であったと云っても過言ではありません。淵上が石原の「王道」論に感激した訳は、彼の宣撫官『派遣日記』を読めばよくわかります。

全人類を救う大文章

日中戦争は八年間、太平洋戦争は三年半も続きました。四〇年（昭和十五）は正にその中間点で、日中戦争が太平洋戦争に拡大する直前の緊張状態にあった年です。ところが冒頭に書いたように国民の多くは切迫した危機感を持っていませんでした。それに警鐘をならしたのが石原です。ソ連との軍事力の落差を埋めるために結んだ日独伊三国同盟が、ソ連より遥かに巨大な米国との緊張を招く中で、日本を救いだす為の処方箋は東亜連盟による日中戦争の解決しかありませんでした。しかし東亜連盟の「政治の独立」には朝鮮問題というネックがありました。石原が「王道」によって東亜連盟のネックを乗り越えようとし、淵上がそれに感激したことを理解するには石原の講演「新体制と東亜連盟」と淵上の『派遣日記』を読んで貰う以外ありません。

これは二十一世紀の今日、我々が依然として抱えている朝鮮問題のみならず、全人類が世界的な規模で抱えている深刻な対立を解決するカギを握る思想であると思います。王道は、正に淵上が云うように「全人類を救う大文章」なのです。

注

（1）そのことではケネス・ルオフ著／木村剛久訳『紀元二千六百年』（朝日新聞出版、二〇一〇年）が参考になります。

（2）『東亜連盟復刻版』第九巻（柏書房、一九九六年）一五～二八頁。
（3）拙著『毅然たる孤独』（同成社、二〇一二年）八頁。
（4）保坂富士夫『誇り高き哲人』（創元社、平成元年）二一六～二一七頁。
（5）五百旗頭真「東亜連盟論の基本的性格」（『アジア研究』第二一巻第一号、一九七五年四月号）四五頁。
（6）曺寧柱「石原莞爾の人と思想」（『永久平和への道』原書房、一九八八年）二〇三頁。
（7）拙編『東亜連盟期の石原莞爾資料』（同成社、二〇〇七年）一三頁。
（8）石原莞爾宛淵上辰雄書簡（同前書、二二一頁）。

第Ⅰ部　石原莞爾の王道論「新体制と東亜連盟」

第 16 師団長宿舎から司令部へ向かう途中、憲兵隊舎前で（昭和 15 年）

石原将軍と大川周明博士（昭和 18 年 9 月、鶴岡・喜久知亭）

敗戦直後の石原完爾（昭和 20 年 8 月）

石原莞爾略歴

一八八九年（明治二十二）一月一八日、山形県西田川郡鶴岡町日和町甲三番地（今日の鶴岡市日吉町十一番三四・三六号）に父石原啓介と妻鉦井の三男として出生
一九〇二年（明治三十五）～〇五年（明治三十八）　仙台陸軍地方幼年学校生徒
〇五年（明治三十八）～〇七年（明治四十）　陸軍中央幼年学校生徒
〇七年（明治四十）　士官候補生・山形歩兵第三二連隊付
〇七年（明治四十）～〇九年（明治四十二）　陸軍士官学校生徒
〇九年（明治四十二）～一九年（大正八）　任官・会津若松歩兵第六五連隊付
一〇年（明治四十三）～一二年（明治四十五）　韓国守備
一五年（大正四）～一八年（大正七）　陸軍大学校学生
一八年（大正七）～一九年（大正八）　第六五連隊第四中隊長
一九年（大正八）～二〇年（大正九）　教育総監部
二〇年（大正九）　国柱会入信
二〇年（大正九）　国府銻と結婚
二〇年（大正九）～二一年（大正十）　中支那派遣隊司令部（漢口）

二一年（大正十）～二二年（大正十一）　陸軍大学校教官
二二年（大正十一）～二五年（大正十四）　ドイツ駐在
二五年（大正十四）～二八年（昭和三）　陸軍大学校教官
二八年（昭和三）～三二年（昭和七）　関東軍作戦参謀
三二年（昭和七）～三三年（昭和八）　ジュネーブ国際連盟全権随員
三三年（昭和八）～三五年（昭和十）　仙台歩兵第四連隊長
三五年（昭和十）～三七年（昭和十二）　参謀本部課長・部長
三七年（昭和十二）～三八年（昭和十三）　関東軍参謀副長
三八年（昭和十三）～三九年（昭和十四）　舞鶴要塞司令官
三九年（昭和十四）～四一年（昭和十六）　京都第一六師団長
四一年（昭和十六）～四六年（昭和二十一）　予備役・東亜連盟顧問
四六年（昭和二十一）～四九年（昭和二十四）　西山に隠棲
四九年（昭和二十四）八月　死去

新体制と東亜連盟
――昭和十五年十月十七日　講演要旨――

石原　莞爾

一　新体制

1　自由主義より全体主義へ

フランス革命まで西洋各国の軍備は傭兵制度で、横隊戦術を採用していた。横隊戦術は各兵の自由を無視し、厳格なる形式の下に敵に向かって突進せしめる。その指導精神は専制で当時の社会情勢に符合していたのである。

フランス革命勃発後、フランスでも多年の訓練で戦技に熟練した傭兵が良いと考えていた。しかし殆ど全欧州を敵として戦うため、到底傭兵によることが出来ないはめに陥り、やむなく徴兵制度の実施を強行したのである。革命の威力がよく此の大事を決行し得たが、やってみると徴集した未熟の農民兵では高度の訓練を要する横隊戦術によることが出来ない。やむなく、真にやむなく散兵となった。決して散兵が良いと考えたのではない。ところが各兵の自由を尊重するこの散兵は、自由民権の新思想に興奮していたフランス青年の心理にかない、旧時代の職業軍人の横隊戦術を打ち破ったのである。

第一次欧州大戦後、散兵戦術はさらに戦闘群、すなわち面の戦術に進化した。敵が線になっている時は、こちらも大体相手が定まり各兵の自由に委して戦わせるのが有利であったが、今日の面の戦いでは敵の射撃はとんでもない方向からやってくる。各兵の自由に放任しておいたのでは徒に混乱に陥り、戦力の発揮が不可能となった。かくて戦闘群戦術は自然に統制を指導精神とするに至ったのである。

世の中もどうやら第一次欧州大戦を境として、自由主義から統制主義即ち全体主義に変わりつつあるらしい。

全体主義はドイツとイタリーのものであるように議論せられたこともあった。全体主義の定義が一定することなく、勝手に論ぜられ、今日もなお日本人の頭の中に相当の混乱があるように察せられる。西洋人は個人主義であり、東洋人は家族主義であり、その内、日本人は国体のしからしむるところ国家主義と見ることが出来よう。此の如きは永き歴史に基づく民族の特性で、急に其の性格に変化をきたすことはない。専制主義から自由主義となり、さらに全体主義の世となりつつあるのは、民族の特性を超越し諸民族に共通する人類文化発展の大勢である。

特にここに一言したいのは、統制は断じて自由より専制への後退でないということである。戦術の方から云えば、統制の戦術においては、指揮官の意思が極めて明確であることが第一である。これを適確に部下に徹底せしめ、各単位が指揮官の目的達成のため、その行動に混乱、無駄を生ぜしめないよう必要小限度の制限を加え、かつ相互協力に必要なる要件を明らかにする。各単位はその範囲内においては自由主義の戦術に比し数倍の独断専行の余地が与えられる。各兵は散兵時代に比し驚くべき知能の働きを要求せられる。統制は専制と自由との綜合・開顕の上に立つ高度の指導精神であらねばならぬ。今日ややもすれば自由から専制へ後退の気風を認めらるるのは、変革初期における暗中模索的状態の結果と考えられる。なるべく速やかに新時代の精神を正確に把握し、正しき方向に力強き前進を起こさねばならない。

2　全体主義は合宿主義

ナチスが、ドイツの政権を掌握してから僅かに七年、軍備の徹底的拡充を開始してからは三、四年に過ぎない。しかるに第二次欧州大戦では老大陸軍国フランスすら僅々五週間のドイツ攻勢作戦によって壊滅したのである。真に世界戦史上未曾有の出来事である。ここに自由主義制度と全体主義制度との能率の差が如何に絶大であるかを明示している。この大衝撃により自由主義の信奉者も、新時代の到来に目が覚めたことと信ずる。

しかし我らはこのことを既に数年来身を以て体験しつつあったのである。満州事変当時、極東における日ソ両国の軍備は大体平衡を保っていた。日本軍の在満兵制は僅少であったが、ソ軍もはなはだ不完全であり、かつシベリヤ鉄道は極めて不良の状態に放任せられていた。ソ連は多くの日本知識階級の予想に反し、極めて温順な態度に出て、満州国の承諾をほのめかし、不可侵条約の締結を熱望し、日本軍の侵攻に際してはバイカル以西に退却を企図したらしい。しかし隠密のうちに極力極東兵備の増強を行い、日本の自由主義的北満経営に対し迅速に優勢の態勢を占めた。既に昭和八年には日本軍の攻勢に対し寸土も譲らぬと言明し、次いで一旦緩急あれば一挙満州国に侵入する態度を明らかにしたのである。僅々数年の間に日ソの極東兵備に甚だしき懸隔を生じたことは、陸軍省発行のパンフレットこれを認めている。

支那事変の一大原因はここにあるのである。事変の根本原因は日華間の悪感情にあることは勿論であるが、日本がもし断固としてソ連の極東兵備増強に対抗したならば、中国はおそらく事変の拡大を阻止したことと考えられる。

世界が全体主義に向かいつつあるのは、その高き能率を必要とするためである。私は全体主義は合宿主義なりと主張するのである。或る期間に最大能率を発揮するに最も適切なる方式である。しかし此の如き過度の緊張を永久に続けることは、必ずしも人類のため正しいと言い難い。期間を限ったとき最も合理的である。

「世界最終戦論」によれば今日は国家連合の時代であり、人類の準決勝戦が行われつつある。おそらく三十年内外に準決勝戦が終了し、直ちに決勝戦に入るものと考えられる。この時代の重大意義は未だ世界の人々に正確に把握せられていないのであるが、何となく無意識の間にその予感に迫られつつあるようである。過度のため緊張の危険性を伴うものの、能率高い全体主義が世界の趨勢となりつつあるは、人類歴史の最大関節たるべきこの決勝戦に対する本能的準備であると信ずる。人類は決勝戦を前にして数十年にわたるべき合宿生活に入ったのである。

3　革新の起動力

人間は他の動物と異なり意志の働きがある。革新のため観念の力を軽視することは出来ない。現にソ連革命は、マルクス以来数十年の設計図により計画的に行われた。しかし大衆の為には動物的本能が観念以上の力を持っている。革新の起動力が依然多くの場合現実の逼迫による場合が多い。

レニンは第一次欧州大戦の結果崩壊せるザー帝国の跡に、マルクス流の社会主義国家を数十年の検討による設計に基づき書きまくったのである。確かに人類歴史あって以来の壮観といわねばならぬ。しかし今日ソ連建設の最大原動力が依然マルクス主義の理想であるとは考えられない。ソ連革命は資本主義諸国に絶大なる不安を感ぜしめ、列強は一致共同これが撃滅に努力した。ソ連革命が成功した第一の原因は、国防上素晴らしく有利な位置を占めていることである。もしドイツに共産革命が起こったのであったならば、忽ち打倒せられたこと疑いない。ソ連はその国防上の有利なる位置により、辛うじて覆滅を免れたものの、列強に対する恐怖心は期せずして全力をソ連の防衛に集中せしめ、自然に国防国家の態勢を整えた。かくてソ連は自由主義より全体主義への革命の先頭となった。すなわちあの盲従心に富み、大衆の知識低きロシアに適する全体主義国家が成立したのである。社会主義は今日では目的達成の一手段に過ぎない。

マルクス主義に対する世界的魅力は既に消滅した。

ソ連は一般公式に基づき日本国体を狙ったのは許すべからざる不逞である。しかしこれはわが国体を理解しない不明の結果である。今日真に日本国体を理解せるものは未だ世界中にない。見方によってはすべてが敵である。資本主義者がその地位を守らんとする本能により、社会主義と国体問題を結びつけた結果、国民の社会主義に対する憎悪心は極度に達し、判断の公正を欠くまでに至った。社会主義が反国体的であり、資本主義が国体的であるとは断じて云えない。経済制度組織が如何に変わっても、わが国体に影響あるべきものでない。わが万邦無比の国体はそんなに脆弱なものではない。如何なるものをも超克・開顕し、八紘一宇の大理想を達成すべき霊妙なる力である。今日の国際危局に際し、国民は社会主義に対する恐怖心を一掃し、公正・冷静なる観察の下に国策を定むべきである。

ドイツはベルサイユ条約により完全に打ちのめされた。民族の誇りは蹂躙せられ、天文学的数字の賠償を強制せられ、国民の全所得を連合国に捧げてもその義務を満たすことが出来ない。全く絶望の淵に追い込まれたのであった。この時ヒトラーは敢然としてベルサイユ条約の打破を絶叫したのであったが、もとより大衆には狂人の夢としか思われなかった。ところが時の経過と共に英仏の足並みは乱れがちとなり、どうやらヒットラーの予言も単なる夢にあらずとの印象を与えた時、急速に国民の支持を得た。ヒットラーの理想を実現する為には驚くべき軍備を急速に再建せねばならぬ。国民の団結心・服従心とその科学的能力・巨大なる工業力が基礎となって、英雄ヒットラー指導の下に全国力をこの目的に集中運用して今日の結果を見たのである。

ソ連の今日はマルクスの学説よりも資本主義国家の圧迫に、ドイツの今日はベルサイユ条約に感謝すべきである。イタリーの為には共産党の攻勢が、中華民国の為には日本の大陸発展がその全体主義へ飛躍の起動力となったのである。

4　新体制運動

日本は第一次欧州大戦を利用して経済的大飛躍を行い得たが、自然成金的気分に犯された。真剣な大戦の経験を経た欧州においては、自由主義の本場英国すら自由貿易を廃止しつつあったのに、日本の指導階級はかえって自由主義の甘夢に酔っていたのである。世界不況の襲来により逐次不安となり、ことに昭和の御代となっては昭和維新が唱えられ、満州事変と共にますますその声が盛んとなり、国民は甚だしく焦慮し始め、五・一五及び二・二六の事件まで惹起した。

聡明なる日本民族は何となく時代の勢いにじっとしていられぬ気分になったのであるが、どうも革新に対する切実なる圧迫を感じ得なかったのである。支那事変は国民のこの矛盾せる感情の中に勃発した。熱狂して挙国一致の奮起となったが、作戦は極めて有利に進展し、事変前途に対する不安を感ずるものなかった為、口に非常時を唱えながら手足は兎角非常時的行動をなしつつあったことは否定できない。依然割り切れぬものが多かったのである。

しかるに九・一八の物価釘着、七・七禁止令頃から逐次物に対する不安が高まり、非常時の実体がそろそろその姿を現し始めた時、近衛公の新体制運動となり燎原の火の如く発展し、既成政党の解消の如き大事もさしたる混乱なく円満に実行せらるるに至った。真に驚くべき変化である。

しかし静かに観察すれば、今日日本国民の生活は中・小商工業者の悩みなど重大な問題が多いのであるけれども、各交戦国の事情に比すれば依然甚だしい懸隔があり、未だ思い切った革新への迫力としての十分な力とはいい難い。新体制運動発生後の急速なる変化も、現実の逼迫よりむしろドイツの大成功が「このままでは居られぬ」との気持ちを国民に与えたことが更に大きな動機らしい。日本国民の敏感さは頼もしいと云うべきであるが、新体制運動が活気を欠く感を与えて居る原因も此処にある。依然革新のための革新論議が中心問題となる怖れは、決して小なりとは云われない。

5　新体制の目標を明らかにせよ

三国同盟は太平洋の波を高くしつつある。何時如何なることが起きぬとも限らぬ。もし日米戦争が起こったならば、わが無敵海軍が確実に西太平洋の制海権を掌握しても、主要都市が敵機に見舞わるることは十分覚悟せねばならぬ。日本の都市が爆撃に対し弱いことは周知の事実である。油や鉄の問題などもみだりに楽観するのは禁物である。文字通り未曾有の大国難となるであろう。此の如き大国難来たらば新体制が其の目標が明らかとなり、急速なる進展をなすこと疑いない。

我らは勿論如何なる惨状、如何なる困難をも覚悟している。しかし進んで戦乱の拡大を求むべきではない。我らは更に更に我らの現性を活動せしめ、明らかに新体制即ち昭和維新の目標を把握し、全国民の熱情を以て一致団結その目標に向かい、全国力を総合的に活用しなければならぬ。

吾人は世界最終戦に対する無意識的予感が、欧州各国を全体主義に追いやりつつある潜在的力であると主張した。そして直接的動機は各国に加わり来たれる現実的圧迫である。世界的騒乱の中心より離隔していた我らが、現実的圧迫甚だしからざる内に全体主義体制に移る為には、西洋各国民に比し幾倍の聡明さ・敏感さを以て、彼等が漠然と感受しつつある世界最終戦争の本体を見極むべきであると信ずる。然らば昭和維新の本質は極めて明瞭に我らの眼前に現わるるであろう。

昭和維新とは右の見地よりすれば数十年後、おそらく三十年内外の後に迫りつつある最終戦争に対し、東亜諸民族の力を綜合運用して必勝の態勢を整うることである。即ち新体制の目標は次の二点である。

1　東亜の大同

2　東亜を範囲とし、決勝戦に相手たるべきものに勝る実力の養成

明治維新は封建を打倒して　天皇を中心とする日本民族国家の完成であった。王政復古・廃藩置県であった。これに対し昭和維新は東亜の大同である。民族闘争より民族協和への飛躍である。そして東亜諸民族の全能力を綜合して建設すべき、科学文明の大先進者たる決勝戦の相手に勝る実力の養成は、概ね二十年を目途してその目的を達成せねばならぬ。

此の如き偉大なる新体制の目標が全国民・全東亜の民族に明らかとなったならば、期せずして驚天動地の大活躍がわが東亜の天地に開始せられ、日本は自然にわが国体に基づき、国民性に即応せる世界無比の全体主義体制を完成することを信ずるものである。

二　東亜連盟

1　満州建国は新体制の第一歩

満州事変前、在満二十万の日本人、特にその非指導階級は、日・支の苦しき生活体験の結果、遂に民族闘争から民族協和に飛躍するの絶対必要を体得し、昭和六年春満州青年連盟の大会に於いて「諸民族の協和を期する」旨を決議した。日本民族以外の諸民族また心あるものは、自然同様の心境になりつつあったことと信ずる。

かくて満州事変勃発するや、間もなく関東軍の指導方針は民族協和となり、満州建国精神として民族協和が採用せられたのは、決して一時の思いつきや或いは一部人士の達見でなく、正しく在満諸民族の真剣なる生活体験の結果であったのである。満州国内における民族協和の為には、その本国の心からなる提携を必要とする。民族協和に最大の努力を払った事変初頭の同志間に、間もなく日・満・華の道義的結合を目標とする「東亜連盟」の考えが生まれ、早くも昭和八年三月満州国協和会の方針として決定せらるるに至った。これ自然の結果であったとはいえ、当時当事者一同の私心を去った真摯なる活動は、東亜諸民族から永く記憶せらるべきものと信ずる。

満州建国は昭和維新・新体制実現の第一歩であったのである。大衆の真剣なる生活体験と事変の砲煙弾雨の間から、明治維新の廃藩置県に当たる東亜連盟の結成が生まれ、その指導精神、即ち明治維新の王政復古にも当たるべきものとして民族協和が確立せられたのである。

2　満州建国精神の消長

大きな変革の時は、新しき指導精神は旧体制の人々、即ち当時の知識階級や指導階級には案外理解せられ難く、かえって大衆の生活体験によって新しき力となることは、革新の起動力が観念の力よりもむしろ現実の圧迫である自然の結果というべきであろう。

東亜の片田舎である満州の一角に勃発した民族協和・東亜連盟が、自由主義・資本主義の指導精神の下に、欧米列強と協調・闘争しつつあった当時の日本指導階級に受け容れられなかったのはやむを得ないことである。彼等は好意を以て満州建国陣営の仕事を危険視し、急速に有能有力なる日本内地人の満州国経営陣への進出に努力した。この波に乗じ多数不純なる就職運動者の割り込みが強行せられたのは勿論である。建国後、満州国に乗り込んで来た人々は、先進国日本の姿を一日も早く未開地満州国に実現せんとする熱情に燃え渾身の力を振るったのである。その誠意には勿論感謝すべきであり、満州国は為に急速に外形上の発展を遂げた。しかしこれらの人々の理想とする日本の制度は、既に昭和維新せらるべき旧体制であったのである。新体制の方向をその尊き生活体験により直感した建国当時の同志、即ち在満非知識階級的分子は、その旧体制的見地よりする社会的地位低きため、間もなく或いは下積みとなり、或いは国外に去った。かくて満州国の急速なる建設は結局旧体制日本・革新せらるべき日本の模倣となり終わった。外形の発展に逆比例して、民族協和の精神は逐次後退した。もとより悪意ではないのであるが、急速に渡来せる日本知識階級が漢民族等の性格・能力を知らず、その言語を解せぬため、自然彼等を除外して日本人が建設を独占する結果となった。

三千万の民衆は期待を裏切られ、失望の淵に追い込まれつつある。その何よりの証拠は支那事変の勃発である。事変の一大原因は、自由主義的北満軍備建設が、ソ連の全体主義建設に遠く及ばなかったことであるが、更に根本的なる原因は、三千万在満漢民族の失望である。もし彼等が真に満州国に対する共感を持ち続けたならば、何人が扇動しようとも北支に事変発生の可能性はなかったことを確信する。

建国十年の歴史を回想する時、実に残念に堪えないのである。

しかし此の如き大事がそんなに円滑に行われることは、人類の歴史には見るあたわざる所である。かの明治維新すら数次の内乱、遂には明治十年の西南戦争の犠牲を払わなければならなかったではないか。日本知識階級が満州建国の精神を直ちに受け入れ、全幅の力を以てこれを支持したものと仮定せば、もちろん今次事変は起こらずに東亜の大同が実現したこと疑う余地がない。しかしそれは神様にでなければ期待できないことである。

今次事変は近衛公の再三唱えられた如く、東亜大同実現のための東亜の内乱である。西南戦争に該当する内乱である。

内乱の結末は権益の獲得等に終わるべきでない。時代に合する正しき新体制の成立が目標である。「求むるものは領土に非ず、権益に非ず」と事変後間もなく誰いうとなく唱えられて居たことは、日本民族の中に東亜の内乱との見解が本能的に潜在していた結果と信ずる。真に聡明なる民族である。

事変三年の経験は逐次日本民族のこの直感を明確にしてきた。昭和十三年末、数次の近衛声明は、吾人の見解によれば満州建国以来唱道せられた東亜連盟思想への一致であり、本年、天長の佳辰に於いて総軍司令部は、事変解決の根本観念として満州建国の根本精神を想起せしめ、日・満・華三国の道義的結合の上に東亜連盟を結成すべきことを強調するに至った。

内乱の終末近きにありと感ぜざるを得ない。

最近、北京・広東等に澎湃として東亜連盟の運動が起こりつつある必然の勢いである。

満州国内においては前述せる状況のため、折角昭和八年、東亜連盟を目標としたにかかわらず、この運動が中止の姿となっていたのであるが、最近の全聯に於いて民間の提案を容れ、満州国は東亜連盟の結成に向かい邁進すべき態度を明らかにするに至ったのは、世人の記憶に新たなる所である。

旧体制による日系官吏に指導せられた満州国は、民族協和の建国精神を尊重すること十分でなかった結果、民心は必ずしも安定していない。その具体的一例として大豆の問題が起こったのである。日系官吏は更に制度の強化徹底によりこの問題を解決せんと努力しつつあるようであるが、それは問題の核心に触れていない。制度より心の問題であり、建国精神の問題である。日系高級官吏も今や十数年前、在満日本人が経験せる所と同一の体験をなしつつあるのである。真剣に戦うがよろしい。この戦いの結果、吾人は必ず十数年前と同一の結論、即ち民族協和に帰着することを確信する。その時満州国は初めてその真面目を発揮し、昭和維新・新体制の先駆けとなるであろう。

3　東亜連盟の論争点

近時、日本国内においても東亜連盟運動がすこぶる盛んになりつつある。しかし時代の勢いに乗じ、漫然雷同する風潮を見逃すことが出来ない。東亜連盟は新体制の中心問題である。旧体制の思想にて簡単に考えることは正しき時代のため甚だ危険である。今、東亜連盟につき論争せらるべき二・三点につき所見を述べてみよう。

イ　王　道

ある知人が近頃「王道の形式は礼で内容は孝です」と手紙に書いて送られた。思索力の極めて貧弱な私は難しいことは解りかねるが、この知人の断案には何とはなしに強く心を引かれたのである。孝は天地の心である。日本人がもし不服の気持ちがあるとしたならば、それは日本は忠孝一本という世界無比の国体であることを十分理解しないための不安と考える。

元来、我らの「道」という言葉は、西洋には恐らく正しく翻訳し得る文字がないと信ずる。天地の心に従わんとする敬虔なる気持ちが道であり王道である。

道は中外に施して悖らない天地の公道である。西洋人にも通ずるものには相違ない。彼等の環境は、永き年月間に自然我らとの間に道義観につき大きな開きを生じたのである。西洋人にも誠に美しい道徳があり義理を重んずる。しかし我らが天地の心に恭順であろうとする敬虔な心を道というのに対し、西洋人の重んずる所は社会道徳である。

西洋人の自然に対する勇敢なる闘争は科学文明の進歩となった。同時に功利主義となり、力第一主義となった。勿論道徳を重んずるが、力が中心である。道徳は主として社会の安寧を保つための道徳律であり、畢竟するところ功利的道徳、即ち商業道徳の類いである。

彼等は覇道を尚び、我らの守る所は王道である。政治上に於いて我らが徳治を理想とするのに対し、彼等が法治を重視するのもその表れである。全体主義の時代を迎えて、特に西洋人の社会道徳に学ぶべき点が多い。また、科学文明を急速に発展せしめ、西洋以上の実力を獲得すること刻下の一大急務である。しかし力は何処までも道のための用でなければならぬ。

道と力は人生における二大要素である。問題はその位如何に存する。何れが主であり何れが従であるかにある。道を中心とする王道が、究極に於いて人類の指導精神たるべきか、力を中心とする覇道により世界が統制せらるべきかを決定するのが、世界最終戦争であると信ずる。王道・覇道の決勝戦である。

漢民族の王道に対する憧憬は、西洋中毒の日本人には想像の及ばぬものがあるらしい。

清朝が李自成を撃破し、漢人を懐柔して軍を中原に進むるや、忽ち北支を風靡したが、揚子江沿岸に進み帰順者を判別するため、満州の風習である弁髪を命じたところ、意外に頑強きわまる抵抗に遭遇したのである。当時これを目撃した宣教師が「国土を奪われて平然としていた漢人は、頭上の髪を守らんがため乳虎の如く奮い立った」旨を記しているとのことである。西洋人や日本人は、これを支那人の国家観とその風習を重んずることを知る興味ある材料として見ているだろう。しかし恐らく漢人の心の中には、髪は聖賢の遺風として尊ぶのであり、髪を守ることが聖賢の道、即ち王道を守るという、強き道義観が活躍しているものと考えるのである。

漢民族は安居楽業さへ得られるならば、何人に治められても平気だと簡単に考える日本人が多いようである。確かに安居楽業を第一の大事と考える人々が多いであろう。しかしこれは人間に共通していることを見逃すことは出来ないし、かつ漢民族が例えば清朝の統治に甘んじたのは、歴代の帝王よく王道を守った為である。康熙・雍正・乾隆の如き世界にも稀なる名君である。あたかも我らが支那人の孔子・インド人の釈迦・ユダヤ人のキリストを信仰する如く、王道の護持者は民族を越えて心からこれを尊敬する漢民族の道義観は、我らも心より賛美すべきである。

新民会副会長繆《みょうひん》斌氏が、満州建国当時、建国精神が王道であると聞き、そんなら反対すべき理由はないと唱えたと友人から伝え聞いたのである。今日も漢民族は王道に対し此の如き熱情を持つことは日本人の深く考うべき所である。

しかるに日本人は今日、道に対する感激を胸に懐いて居るのであろうか。少なくも知識階級は王道への愛着を忘れ去っているのではないか。日本人は元来、文明に対し軽薄と思わるる位、これを吸収するに躊躇しなかった。この性格は日本を発達せしむる大なる力があったが、外来文明を消化するまでは危機を伴うことは否定できない。西洋文明吸収の為、道義の根本をおろそかにしている現状は猛省を要する。

中国人は逆に自己の文化に対する優越感極めて強く、甚だ尊大である。清水安三氏は、子供に日本歴史を教えんとして、華文の本がないから自ら書いていると云っている。中国人は日本の文明を学ばんとする心はないらしい。中国には優れたる文明あること勿論であるが、日本にも独特の文明がある。儒教は日本に於いて特異の発達を遂げ、日本仏教はインド・支那のそれに対し全く飛躍的発展をしたのである。日本民族が漢民族に比し急速に西洋文明を吸収したのは、日本民族の性格の力である。東亜の二大民族は各々その特長がある。相互にその欠点を指摘するよりも、その長所を探求することが刻下の急務であり、民族協和の基礎である。

要するに漢民族は保守的にして他を軽視しつつも、よく王道に対する信念を堅持し来たれるに対し、進歩的なる日本民族は速やかに西洋文明を吸収して東亜の危機を救ったのであるが、西洋模倣の為、覇道的に陥り、東亜諸民族より憎悪せられ、自然自らも王道に対する熱情を冷却しつつあったことは深く反省すべきである。東洋の君子国といわれた日本である。神道の式典では、仏教やキリスト教のように有り難い御経や御説教は極めて少ない。神職の一挙一動悉く最も精錬せられた礼の形である。王道の形式である礼の極致である。しかるに今日、殊に知識階級は礼儀をみだり、満州国や中華民国で嫌われる一大原因をなしている。

吾人も東亜連盟の指導原理を王道と主張しながら、今日までややもすれば王道を消極的に、主として連盟内の問題として取り扱い、積極的にこれを以て全人類を救わんとする気魄に欠くる点ありしことを率直に認め、東亜諸民族に懺悔する次第である。

東亜連盟は王道連盟である。数十年来、東亜諸民族協同の理想であった王道擁護の為に団結し、世界を圧倒しつつある覇道主義者をして必ず王道の大義に目覚ましめ、以て全人類を救うべき血盟でなければならぬ。特にこの際、日本人に一言したのは、王道と皇道との異同である。

近時、日本人が英・米依存の夢より覚めつつあるは誠に喜ぶべきところであるが、独善的日本主義に陥り、皇道は王道に非ずとなし、王道を卑下せんとする言動が盛んである。かくては心よりなる東亜の大同は不可能となる。

天孫降臨の御神勅を、日本書紀は「可王之地也」の文字で表して居る。近くは明治維新は王政復古と称せられ。また軍人勅諭には「王事に勤労せよ」と仰せられたのである。道は中外に施して悖らざるものであり、日本が世界に対する特異性は日本国体の大事実であって、王道理論に対し皇道理論があるためではない。

ただし東亜諸民族が真に王道の道統を御任持遊ばされる　天皇の霊力を信仰し奉るようになれば、日本民族の好んで用いつつある皇道の名称に自然に親しんで来ることとなるであろう。

ロ　東亜連盟の盟主

王道の伝統を神代の古より御任持遊ばされた　天皇は、全人類の無二の至宝である。天皇の御存在は人類に永久の平和を与うる為、天地霊妙の作用である。

東亜諸民族が東亜連盟、即ち王道連盟の本義を正しく把握し得たならば、天皇を連盟の盟主と仰ぎ奉ること余りにも自然であると信ずる。このことは今日、日本人として声を大にして主張することは慎むべきだと考えながら、この根本問題に対する吾人の信念を東亜の同志に隠すこと、また良心の許さぬ所であるから、敢えてこれを発表するのである。

天皇が東亜連盟の盟主と仰がるるに至っても、日本国は盟主ではない。八紘一宇の大理想により、道義を以て世界を統一せらるべき天職を本有せらるる　天皇が、日本国と他国との間に一視同一の御態度をとらせらるることは誠に有り難い極みである。

五胡十六国の乱により漢民族が大挙日本に帰化し来た時代は、あたかも今日生活程度の高き日本民族が満州国に移住しつつあると同じ有様で、民族協和の必要を生じたのである。

雄略天皇の御代、漢民族の親族たる常世族の祖神（白柳秀湖氏の説）である豊受大神を天の橋立より伊勢に外宮としてお遷し遊ばされた。御親拝の際は外宮を先にせらるるのである。総軍司令部の「派遣軍将兵に告ぐ」に記されてある本庄大将凱旋御陪食の際、先ず満州国民の上につき御下問があり、次いで将兵の身の上に及ばされたるは、全く神宮御親拝の御順序と同一御精神と拝察する。此の大御心を奉戴し、我らは日本国を盟主と主張すべきでない。東亜連盟は　天皇を盟主と仰ぎ、欧州連盟はドイツ国の統制支配により成立せんとしつつあるところに、王道・覇道の別を見るのである。

しかし我ら　天皇の御民たる光栄の下に自ら最高の道義を実践し、かつ帝国主義者の暴力を制するに十分なる実力を養い、しかも謙譲にして東亜連盟の発展に自ら最大の犠牲を払い、諸民族より敬愛せらるることは、即ち大御心を安んじ奉ると同時に、諸民族をして速やかに　天皇の信仰に到達せしむる道であることを片時も忘れてはならない。

今日、日本は東亜諸民族よりその道義を疑われており、かつ欧米帝国主義者の暴力を制するの力未だ十分なりといい難い。しかるに強いて自ら東亜連盟の中核なりと強権的に宣言せんとする如きは自信力なき結果であり、西洋流の覇道的態度と称せざるを得ない。

天皇が東亜連盟の盟主であらせられ、日本が盟主でないとの意見は　天皇と日本国を分離して考うることとなるに非ずやとの議論も時々耳にする所である。世界史の大勢は逐次国家連合の時代となりつつあり、その連合も連盟より連邦となり、遂に大国家まで発展すべきであろう。大国家は結局更に進んで世界が一国家となり、遠き将来を空想すれば全民族も渾成せられ、全人類　天皇を中心と仰ぎ、一国家一民族となるを理想とすべきである。

しかし此の如き進化は、文明の進歩と感情の融和に平行して自然に行われねばならぬ。東亜連盟が近く天皇を盟主と仰ぎ奉るに至っても、今日の有様にては十分各国家の特性を尊重すべきである。天皇は日本の　天皇であらせられ、同時に連盟の盟主であらせらるるを以て、　天皇が日本政府の補弼によって連盟を統制せらるるに非ずして、　天皇の御許に差遣する各国家の代表者によって連盟事務局が構成せられ、天皇御親裁の下に連盟の指導に当たらせらるることとなるであろう。そうなった時、東亜連盟は、東亜連邦へ発展の準備が出来たというべきである。

ハ　東亜連盟は消極的か

この頃は下火になったようであるが、東亜連盟は消極的だ、敗戦主義だと悪評せられた。旧体制の考え方からすれば自然の勢いである。これだけの犠牲を払ったのであるから、何か権益をという考えは、この人々の頭の中には依然精算しきれないものがあるであろう。

しかし北支が特別地域であるとか、何々の事業は必ず合弁にするとか、経済的権益を定めこれを条約で決定して安心せんとするのはベルサイユ体制であり、覇道的行き方である。反動的であり消極的である。

東亜連盟は王道連盟の実力を物質文明の大先進覇道主義者に追いつき追い越す為に、右のような消極的方法では断じて間に合わない。なるべく速やかに完全なる経済の一体化を計らねばならぬ。即ち陸・海・空の交通は完全なる一体として各国民の交通・居住を自由にし、通貨は統一し、関税はなるべく速やかに撤廃する。産業は徹底せる適地適業主義を実行し、東亜の大規模経済建設を最も合理的ならしめる。日本を高度工業国とし、中国を原料国とするような覇道的な考えでは、到底連盟の力を最高度に発揮することが出来ない。もちろん経済状態の過急なる変化により、かえって経済力の発展を妨ぐるようなことがあってはならぬから、関税の撤廃等については適切なる順序方法を選ばねばならぬ。

要は真に東亜連盟経済力の最大限増進を唯一絶対の目標として、最も合理的なる方法を選ぶのである。権益の争奪ではなく真に同志的協力である。此の如き積極的考えは、ただ最終戦争に対し王道を守らんとする東亜諸民族の道義的感激によりてのみ達成せらるべく、旧時代の人々の思い及ばざる所である。日本帝国主義者が反対すると同じく、日本の経済侵略の恐怖を去り難き中国人また、容易にこれを理解し難きものがあるであろう。これを解決するは唯日・華両国同志の真の理解の外に途はない。

第Ⅱ部

渕上辰雄宣撫班『派遣日記』

石原完爾（前列左から２番目）
と淵上辰雄（同４人目）

淵上辰雄宅前にて
（昭和 25 年５月）

財団法人日本食生活協会時代
の淵上辰雄

淵上辰雄略歴

一九一六年（大正五）三月十六日福岡県嘉穂郡飯塚町大字飯塚千二百八十二番地ノ三（今日の飯塚市の同番地）に淵上長一と妻シヲの四男として出生

一九三四年（昭和九）　福岡県立嘉穂中学卒業
三六年（昭和十一）　満鉄入社
三八年（昭和十三）　宣撫班工作に従事
三九年（昭和十四）　満鉄退社
四〇年（昭和十五）～四六年（昭和二十一）　東亜連盟協会（同志会）本部勤務
四六年（昭和二十一）　十月九日、宇野千津と結婚入籍
四七年（昭和二十二）～五四年（昭和二十九）　自給肥料普及会専務理事
四八年（昭和二十三）～五五年（昭和三十）　河村食用菌研究所
五七年（昭和三十二）～七〇年（昭和四十五）　財団法人日本食生活協会事務局長
六三年（昭和三十八）～七六年（昭和五十一）　日本クロレラ KK 常務取締役
六七年（昭和四十二）～七一年（昭和四十六）　株式会社ヤクルト本社取締役
七〇年（昭和四十五）～八八年（昭和六十三）　財団法人日本食生活協会理事長

七七年（昭和五十二）～八八年（昭和六十三）　財団法人新農政研究所理事長

八八年（昭和六十三）　二月十二日、死去

凡例

1　『派遣日記』は、『政治經濟史學』第五五六（二〇一三年四月）から五六七（二〇一四年三月）號に掲載された。
本書に収録するに当たって新たに編集し直した。

2　明らかな誤りは、文意を損なわない程度で読みやすいように改めた。

3　数字、年月日・時間などについて表記の統一を図った。

4　仮名づかいは現代仮名づかいに統一した（編者）。

解説　淵上辰雄の宣撫班『派遣日記』

――宣撫班と宣撫工作――

原　剛

一　宣撫班とは

宣撫とは、『大漢和辞典』巻三によると、上の意を宣べて下を恤（あわれ）むことであり、上意をのべて下民を撫述するという意義で、中国の唐代の宣撫使に始まるとある。この役職は、宋・元代にも置かれ、明・清代には辺地にのみ置かれた。日本では、明治維新時の明治三年（一八七〇）、山口藩で兵隊の暴動が発生し、徳大寺実則大納言が宣撫使として山口藩に派遣された例がある(1)。

このように宣撫という語には、治者が被治者を撫育するという上下関係に立って実施される意味があり、民衆と共にという観念はない(2)。従って、実際に日中戦争で宣撫官として宣撫工作に当たった人は、占領者としての意識と、民衆と共にという意識の葛藤のなかで懸命に勤務したのである。この日記を残した淵上辰雄も、北支那の山西省の一角で、このような思いで勤務した一人であった。

通常、占領地区の住民に自国の意思を伝えて、人心を安定させるために派遣された人を宣撫官といい、特定の限られた一定地域の宣撫工作を担当する宣撫官から成る、班長以下数名から十数名のグループを宣撫班という。

日本陸軍が、宣撫工作を最初に採用したのは、満州事変であった。昭和六年（一九三一）奉天地域を占領し、翌七年の北部満州討伐に際し、本庄繁関東軍司令官の判断に基づき、共産党の謀略・宣伝に対処するため、満鉄職員などを中心とする満州青年連盟などからなる協和党で、宣撫班を編成し軍の作戦に随伴させ、宣撫工作を実施した。(3) 満鉄は、創業以来、沿線の治安確保のため、満鉄職員をもって沿線住民に宣撫工作を実施し、満鉄の安全運行を確保してきた。この長年にわたる宣撫活動の経験と知識が、その後の関東軍や満州国の宣撫工作に活用されたのである。(4)

昭和十二年（一九三七）盧溝橋事件をきっかけに日中戦争が始まった直後の八月九日、満鉄選抜社員八木沼丈夫以下五二名が天津の支那駐屯軍司令部（八月三十一日に北支那方面軍司令部に改編）に集められ、軍宣伝部宣撫班として七個班が編成され、その後、戦線の拡大とともに、宣撫班は北支那方面軍特務部に属することになり、班の数も増え、内地採用者も加わり、昭和十三年（一九三八）末には、一二八班、班員一五五六名に増え、さらに昭和十四年には、満鉄派遣員がすべて引き揚げたが、班は一八一班に、班員は二三七一名に増大した。(5) 宣撫班の業務系統は、時期により多少の違いはあるが、昭和十三年頃の北支那方面軍では、左記のようであった。

方面軍司令官 ↓ 軍司令官 ↓ 師団長 ↓ 警備隊長
← ← ← ←
方面軍特務部宣撫班本部↓軍宣撫指揮班↓兵団宣撫指揮班↓地区宣撫班

一方、中支那では、上海に戦線拡張した後の十～十一月に、急遽北支那と同様に満鉄社員が派遣され、宣撫班を編成し、宣撫工作にあたり、その後内地採用者が補充され、昭和十三年には、宣撫班三七班、班員二四〇～二五〇名に増大した[6]。

北支那と中支那で、日中戦争初期、宣撫班の活動および規模が異なるのは、作戦地域の広さにもよるが、北支那では治安主義が重視され、中支那では作戦主義が重視されていたことによる。

二　宣撫工作

宣撫班は、占領地でどんな活動をしたのだろうか。宣撫工作に関しては、軍の史料、満鉄の史料、関係者の体験談などいろいろあるが、よくまとまっていたのは、内閣情報官の清水盛明中佐（後の陸軍報道部長）の講演資料「支那事変と宣撫工作に就いて[7]」である。これによると「宣撫班は、砲弾を越えて進む第一線の平和の戦士である。皇軍の進むところつねに宣撫の戦士は従って行く。皇軍占拠の日章旗がさっと上ると、戦禍の生々しいあとに、第一番に飛び込んで活躍し始めるのが彼等である。戦争の恐怖に慄いている民心に、まず安心を与え、平和への希望を持たせる救世主である。」と宣撫班の使命を述べ、「宣撫班員は彼等民衆の心から恐怖をのぞいて信頼させる事が最初の仕事である。〝恐怖より信頼へ〟そして〝民心の安定から治安の恢復へ〟と捨身の活動が開始される」といい、その具体的行動として以下のように述べている。

「疲労と困憊に憔悴し切った避難民を各地から帰らせて、食を与え家をあてがひ、安んじて生業につかせる。地方の有力者と協力して治安維持会の結成などに努力する。街々に布告やポスターをはり、伝単をばらまいたり、街頭に立って事変の真相を説き、皇軍の意図を徹底させる為に一場の演説をやる。民衆の動揺が安定すると避難民救済の暖かい手が差し延ばされる。食ふに食なく住むに家なき避難民に収容所を設けて食料を給付してやったり、時には数万の人々に施米施粥を行ふこともある。医療器の乏しい地方の民衆や罹災民に施療や施薬を行ったり、コレラ・チブスのやうな伝染病が流行している時などは予防注射をしたりして文明の恩恵を与える。」と。

これらの活動は、占領地における人道援助であり、このような活動によって民心の安定と支持を得ようとしたのである。しかし、現地の部隊にとっては、地域住民の軍への協力・支援が欠かせないので、人道援助と軍への協力という二面性が要請される。したがって、北支那方面軍の「宣撫工作指針」(8)に示された宣撫工作の目標は「軍出動地域内ニ於ケル交通・通信線ヲ確保シ用兵作戦ノ完璧ヲ期シ、民心ヲ収撫シテ更生中華民国建設ノ基幹ヲ培養スルニアリ」とされ、宣撫工作の実施要目として、

①民心の安定鎮撫～避難民の召還、事変の認識是正、財産の保護、難民救恤、施療施薬等

②治安維持～治安維持会の結成指導、自衛団の組織訓練、土匪の懐柔等
③軍に協力～諸情報の蒐集、人夫車馬の供給・物質の調達・宿舎の斡旋、道路橋梁補修等
④鉄道愛護工作～鉄道愛護村の組織、情報連絡網の設定、担任区域線路巡察の実施等
⑤経済産業の復興～商舗・工場開業促進、金票流通宣伝、農作物収穫並出廻促進等
⑥教育文化の促進～抗日教育の一掃、日満支親和精神の徹底、学校の開設等

を掲げている。

これを受け、現場の宣撫班・宣撫官は、軍への協力と人道救助という二面を持った職務に、軍と住民の間にあって、苦労しながら懸命に働いたのであった。日記の所々に記されているように、宣撫工作に理解を示さない将校がいたり、占領意識に駆られた兵士と住人のいさかいに直面したり、理想と現実の乖離に心を痛めるのである。住民の大きな不安は、一方では中国人無頼の徒に対するものであり、また他方では日本の兵隊の悪事と徴発にたいするものであったという(9)。

宣撫官は、満鉄から派遣された者と、内地などで募集採用された者からなっていた。満鉄から派遣された宣撫官は、軍の嘱託となり給料は満鉄が負担した(10)。内地などで募集採用された宣撫官は、軍属となり軍から給料が支払われたが、官吏ではないので恩給は付かなかった(11)。一般に、満鉄から派遣された宣撫官は、現地での体験から、中国に対する理解と親密感をもっていた(12)。淵上辰雄もその一人であった。

三　第二〇師団の山西省南西部における宣撫班配置

淵上辰雄は、昭和十三年三月、満鉄派遣の宣撫官として山西省南西部を警備する第二〇師団に配属され、新絳の第三八宣撫班に着任し、約半年余り勤務して、同年十月河北省中西部を警備する独立混成第四旅団に転属し、正定の第一〇八宣撫班に転任した。本日記には、この間の宣撫工作の状況が記されている。

第二〇師団は、朝鮮の京城南部龍山に駐屯し、昭和十二年七月支那事変が勃発するとともに動員され、北支に出兵、北平（北京）周辺の戦闘に参加後、保定・石家荘を攻略、引き続き山西省の省都太原攻略戦に参加、その功績により第一軍司令官より感状を授与された。翌十三年二月中旬、黄河以北の山西省西南部の中国軍を撃退し、三月上旬には同地域を占領して警備についた。黄河以南に敗退した、共産軍を含む中国軍は、遊撃線に転じ、警備中の第二〇師団の各守備隊を襲撃し苦戦を強いることもあった。

このような状況の中で、同師団は守備隊とともに、図のように宣撫班を配置し、宣撫工作を実施させたのである。(13)

同師団警備担任区域の中で、最初に宣撫班が置かれたのは、臨晋の第二二宣撫班であり、淵上辰雄の属した第三八宣撫班が新絳に置かれたのは二番目であった。その後次々と設置され、合計一一班がおかれたのである。

- 第20師団　長　川岸文三郎中将　(13.6.22) 牛島実常中将
  - 第39旅団　長　関　原六少将
    - 歩兵第77連隊
    - 歩兵第78連隊　長　小林恒一大佐　(13.7.7) 室谷忠一大佐
  - 第40旅団
    - 歩兵第79連隊
    - 歩兵第80連隊

歩兵第78連隊編成(15)

- 連隊長　副官（山下与八少佐）
  - 第1大隊長（山崎来代臣少佐）
    - 第1中隊長（吉松慶久大尉）
    - 第2　〃　（山根　隆大尉）
    - 第3　〃　（石田庄右衛門大尉）
    - 第4　〃　（岩元正宣中尉）
  - 第2大隊長（中山亮輔少佐）
    - 第5中隊長（米満直助大尉）
    - 第6　〃　（西垣健治大尉）
    - 第7　〃　（西本哲郎大尉）
    - 第8　〃　（梅原　清大尉）
  - 第3大隊長（金　錫源少佐）
    - 第9中隊長（神野音市中尉）
    - 第10　〃　（浅川良一中尉）
    - 第11　〃　（永津　博中尉）
    - 第12　〃　（倉成吉助中尉）

第二〇師団の歩兵部隊は、以下のとおりであった(14)が細部の配置は史料不足で分からない。

注

(1) 石井良助編『太政官日誌』第四巻（東京堂出版、一九八〇年）二三・七二～七三頁。

(2) 青江舜三郎『大日本軍宣撫官』（芙蓉書房、一九七〇年）七八～七九頁。

(3) 山口重次『満州建国の歴史・満州国協和会史』（栄光出版社、一九七三年）六八～六九頁。同「満州建国と小沢開作」（小沢征爾編『父を語る』私家版、一九七二年）。

(4) 山本武利「解説～『宣撫月報』の性格」（『十五年戦争極秘資料集補巻二五～宣撫月報』不二出版、二〇〇六年）。

(5) 杉山部隊本部宣撫班「宣撫班小史」（北支那方面軍司令部、防衛研究所蔵）。

(6) 「中支占領地区ニ於ケル宣撫工作概要」（井上久士編『十五年戦争極秘資料集～華中宣撫工作資料集』不二出版、一九八九年）。

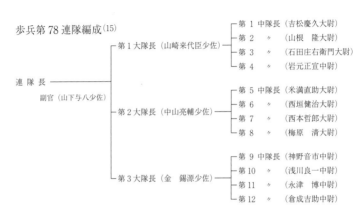

（7）清水盛明「戦争と宣伝」付録第二　支那事変と宣撫工作に就いて（「思想戦講習会講義速記」第二輯、一九三七年二月、防衛研究所蔵）。

（8）寺内部隊宣撫班本部「宣撫工作指針」（「宣撫工作資料」四、防衛研究所蔵）。

（9）熊谷康「満鉄上海事務所の宣撫・情報活動」（『アジア経済』第二九巻第一二号、一九八八年一二月、アジア経済研究所）。

（10）同右。

（11）北支那方面軍参謀長山下奉文「宣撫班要員募集ニ関シ依頼ノ件」一九三八年九月（「陸支受大日記」一九三八年八月、防衛研究所蔵）。

（12）熊谷康「満鉄上海事務所の宣撫・情報活動」。

（13）「第二十師団管内縣公署治安維持会設立並宣撫班配置要図」（「第二十師団戦闘経過概要」昭和一四年一月、防衛研究所蔵）。

（14）『帝国陸軍編制総覧』（芙蓉書房、一九八七年）四六七、五〇二頁。

（15）『歩兵第七十八聯隊史』（同史編集委員会編刊、一九八三年）六八〜六九頁。

（はら　たけし、軍事史学会副会長）

図１　中国と周辺諸国

図２　山西省地図

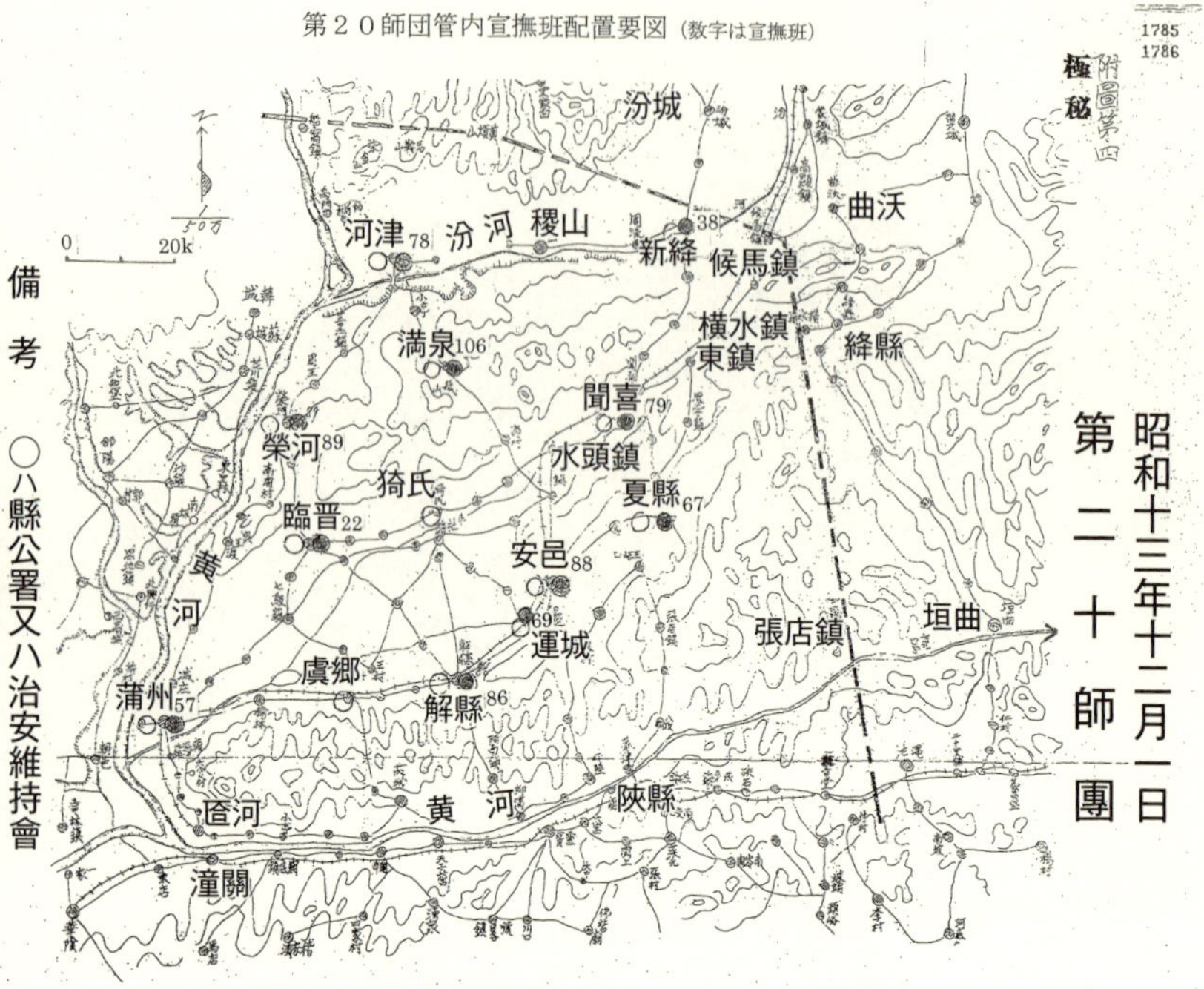

図３　師団管内宣撫班配置図（数字は宣撫班）

宣撫班『派遣日記』

淵上　辰雄

一　北京・任地決定―昭和十三年三月十四日～十八日

出発　戦場へ

三月十四日

朝八時、亜細亜[*1]にて哈爾浜を立つ。産業課、及び、高松、佐々木、小母さん、神崎、叔母等一同の見送りを受けて、万歳の声にホームを後にす。感慨無量。いよいよ死に向かうか。人間は最後の段階に近づけば自信がなくなり、なお強く生命の一日も長く続けと思うのだ。

佐々木氏の小母さんにも苦労を掛けたと思う。映画の様にあらゆる感情が渦巻くのだ。広野続けることもかつては戦場であったのだ。自然と人生、蘆花ではないが、あゝ平和が欲しい。戦場、田園、耕している農夫。大地は土を耕してもらいたいのだ。血を流して踏みにじってもらいたくはないのだ。

戦場へ——戦場へ——。決意は一つ、行手に苦難を思う。生死共に取らず、唯、要は目的の貫徹のみ。

窰門《ようもん》*2に於て川添氏に伝言をたのむ。奉天に於て最後の夜を送る。明日は北支だ。

映画を見る。面白くなし。夜十二時十分奉天発、北京へ一路。

*1　満鉄特急。
*2　哈爾浜～長春間の駅名の一つ。昭和十四年六月十日に駅名変更。窰門→徳恵。

三月十五日

月冴えた夜、平野は青白く浮ぶ——。死への恐怖、増々強し。戦場は血の香に満てるや。五時、錦州をすぐ。

国境近くなると、山が多く、遥るかに見える山は骨ばった貌《かお》だ。切り立っている。何かに反抗している様だ。

九時、山海関。国雄*1に絵葉書を送る。時間、一時間後れる。八時十五分、山海関発。秦皇島に到れば、

山海関東門

早や北支らしい。山海関にて萬里之長城の始を見る。天下第一の文字がなぜかさむざむとして淋しい。戦場は常に変わる。武器もだ。そしてその攻撃も防備も、今はむなしい。戦への人間の恐怖がまざまざと残されているだけだ。

林もある。そして村は豊かそうだ。ここには春が近づいている。すくすくと伸びているのは、木も草も、そして人間？

冀東政府[*2]、米倉兄はここにいるのだ。創立者と苦痛。永久に残された問題。先覚者達はいばらを背負っているのだ。

車内は華人で一杯だ。にんにくの臭は彼等の体臭となった。そして、敗戦は彼等に何を与えるであろうか。

北寧鉄路[*3]は英国資本だ。問題はここにある。強く押し切るか――。二つの力がぶちつかる。その後に来るものは？　北京着。

＊1　六歳下の弟。当時、嘉穂中学生。柔道が強く、全日本で優勝したこともある。辰雄自慢の弟である。

＊2　冀東防共自治政府。河北省通州に成立した日本の傀儡政府。

＊3　北京―瀋陽（奉天）間は京奉線と呼ばれていたが、満州国成立以後は、北京―山海関を北寧線、瀋陽―山海関を奉山線と改称していた。戦後は京瀋線。現在は京哈線に統一。

北京　任地決定

三月十六日

宣撫班本部*へ行く。北京の朝はすがすがしい。早くも戦塵は消え去っている。

古びた都、北京。私は北京から何も求める事は出来ない。生気なき人々よ、何処へ行くのだ。

森脇憲氏に会う。叔父葬儀以来、初めての対面だ。豪放――森脇氏の声にうたれる。力強く自己の信念に生きているのだ。彼は危険の地、寧武に行くとの事。寧武の付近には、約三万の敵兵が居るとの事。行け男子よ。

＊　宣撫班は最初、天津の軍宣伝班に配属されたが、昭和十三年一月、本部は北京に移り、特務部宣撫班本部と称した。

三月十七日

朝、国雄に絵葉書を送る。佐々木兄へも文通する。なぜか淋しい。

生きている。そして生きたい。長く。一日も早くこのうらぶれた様な気持からぬけたい。早く自分の行く処を知りたいのだ。死に対する危険から逃れようとする。俺はいつも死に対する危険から逃れて、勇気を自己に持とうとはしないのだ。平川氏に会う。

三月十八日

任地決定。用意だ。心の用意を思う。俺に何が出来る。そして死を恐れる。何ぜ俺は死なねばならないのか。危険から逃れたくなる。いつも俺がやってきた方法だ。みにくい男だ。

山西省新絳[*1]、第一線だ。皆あぶないと言う。一歩一歩。自から死へ近づいて行く様な苦しさ、ホロニガサを感じる。一緒の人間は何処へ。皆安全な処へだ。俺は誰に何んと言って怒鳴りつけてやればいいのだ。だがお前は死に直面するためにこの地に行くのだと大言したではないか、今になって何を言う。俺は笑うぞ——。恐怖とは自己を愛することである。愚かに愛することによって発生する。

任地新絳。同浦線は勿論、正大線も危険、特に同浦線は日々戦乱の声を聞くとか、満鉄社員の一八名死傷を知る。太原大同間の八路軍[*2]は強いとの話を聞く。遥かに同浦線を地図上に於て睨む。行くのだ。

俺一人が危険な地に行く。一緒の人間はみな残るのだ。そう思えば何か変な気がする。生還を期せない。そう思うと胸に迫る。故郷の祖母、父母、兄、弟、死んだ兄、みなどうしろと思うのだ、あわてるな、生きよう。弱くではなく強くなれ。たくましくなれ。佐々木兄は、叔母は、小母さんは——。

哈爾浜の街がふるえる。寒さに——。

今俺は自己を信ずるより外に、何もたよる道はないと思う。北京の街について、私は何も言いたく思わない。北京はもう昔の街ではない。北京は静かにふるえている。

私は街の古るびたさまを、そして路地を歩ゆんでゆく。

新しいものが姿をけして、あゝ、残された古るい池、私は笑えないのだ。

＊1　今日の山西省運城市新絳県。山西省の南西部、黄河の支流、汾河の流域にある。

＊2　中国国民革命軍第八路軍。後、第十八集団軍と改称。華北を中心に抗日戦に活躍した共産党系軍隊。総司令官は朱徳。

二　初仕事　徴発馬の返還―四月六日～二十九日

山西省新絳　美しい街だ

四月六日

経済工作隊の宴会に行く。関旅団長*と会う。軍人なんかお人好だと思う。

然し下士兵士等はどんな苦しみを味っているだろうか。弾の下で考える人生ははかないものだろうか。皆、一日も早く内地に帰りたいと言っている。何処までつき進んで行けばこの苦しみは終るのだ。私は自己の無力を思う。最近はすっかり落付いた。又もや馬鹿になってしまった様だ。

新絳は美しい街だ。然し旅団入城以来、すっかり寂れたと言う。何ぜだ。支那兵は入城しなかったこの街こそ日本人の支那人に対する善さが現れるのに、この現実を宣撫官としてどうして処置すべきか。困った問題だ。

戦争と言うものは思いの外、恐ろしいものではなさそうだ。人間もおたがいの生命を愛しているから人を殺さねばならない。そして各々の生命の大切さは知っているのだ。ここに誤った逆説が生れる。

支那知識人は皆共産軍の方に入っているとの事、そして支那兵の死骸を見ると十七、八の青年が多いと言うのだ。彼等も生きていれば何かなすべき人間であったであろうに。

戦に於て人間が殺される。これは救えない。真理の前に行われる、淋しい喜劇かもしれない。俺も自己の死を思う時、恐ろしい。一度死ねば地球上に俺は抹殺されて、地球は回転する。そして人間の世界の文化は高くなる。俺は何も見れない。俺は何も知ることは出来ない。残されたものは――虚無主義――ニヒリズム――死に向う、人間のみじめさだ。みにくさだ。

＊ 龍山第二〇師団歩兵第三九旅団長関原六少将（陸士二二期、陸大三五期）。

初仕事　徴発馬の返還

四月七日

宣撫班に来て初めての仕事をする。農民の徴発された馬を取り返すため、石田隊と病馬収容所に行く。石田隊に於ても快く面接し、同意を表され、色々とよくしてくれた。百姓出身の兵士将校もあるので、農民に馬の必要なることを知り、馬についての問題は理解よく解決した。

イ、農民が二頭の騾馬を徴発され、一頭のかえ馬を居き、現在その馬は一頭　石田隊、一頭は中華医院に居るとの事を聞く。石田隊では鮮人の通訳が二人の兵士と共に馬徐法の騾馬を、田園に放馬してあるとの理由により持ち来たる。最初に或家より一頭の馬を徴発し、それを馬徐法の馬と換え、牽いてくる途中、一匹は北馬村と新絳県の中間に於て荒れるので放馬したとの事。隊では一匹分は、居なければ弁償するとの事。実に立派な態度であった。

この点に於ける問題は

一、鮮人通訳の不可。
一、県内の馬に標をつけること。
ロ、病馬収容所の件
於官庄、祁福谷が騾馬一頭収容所に持ち行かれたとの事（三月六日）。行って係の人と話す。戦闘中戦友三名の負傷者を乗せるため、放馬してあった馬に負傷者を乗せて当地に来たとの話。実にうなづける理由なので、どうするか聞き、今後必要ないものなら返してもらうようにたのむ。非常に快く理解してくれたので気持がよかった。

農民は嬉々として帰る。この問題は地味で人はいやがるけれども、是非、自分としては親切にしてやりたい問題だ。

夜、農民の代りの者が来て、礼の品物を持ってくる。宣撫官の立場を話して持ち帰ってもらう。そう、いままで何処の国でもならされているこの風習を打破するのが必要だ。特に支那に於ては。官庄に行ったら、よろしくたのむと言った。この効力があるかないか、その日を待つ。

愛護村の必要性

四月八日

朝、馬に関する件四件来る。徴発馬。石田隊に行く。一頭は返してもらう。一頭の所有者帰ってしまう。言葉が通じないので色々の不便あり。仕事に対する熱なしと思う。

日本軍が越えることがなかった黄河

河津[*1]方面の班員来る。最近の状態悪しと言う。黄河をへだてて砲声高しとの事。今日、自動車道路愛護村[*2]の必要を切に知る。実行計画を始む。

俺は人と共に団体生活の出来る人間だろうか。個性の強さ、自我の強さ、俺は俺を最近どうすることも出来ない人間になった。牢獄に居る苦しさ。ここに居れば俺であって俺でないのだ。前借。それは娼妓を思わせる籠の鳥。

あゝ空は青いぞ。そして大地は広い。ここで血を流したその事自体が嘘の様だ。俺は生きるぞ。俺は生きるぞ。生きなければならないのだ。強く。

＊1　山西省河津市。
＊2　鉄道、自動車道路、通信線等保護のため、沿線部落民をもって結成。

軍の要望　密偵取締と日本通貨の流通

四月九日

イ、旅団副官大久保少佐、新任挨拶に来る。密偵の入城に関する件、取締、及、日本銀貨、日本紙幣の不通についての取締について話す。自己の希望として徴発馬の取締をたのむ。外、愛護村中堅青年指導者養成の講師についてたのむ。

ロ、旅団副官田中義一大尉のもとに、軍官学校入学者の件にて行く。

ハ、少年、泣きながら来り、日本兵の乱暴を言う。通訳と共に行く。話は解る。酒飲みて癖の悪いのがもとらしいが、針大しての話と思うも、これは戦い勝ってその幾多の血を流したその事を無駄にすることなので、よくたのんでおいた。

あらゆる事に対して働かねばならない。この仕事に、人の選に於て満鉄自体、真面目でありえたか疑問に思う。ともすれば自分の処の役に立たない人間や、自分に逆ふ者を、主として、上級者に於て推薦した様な傾向あり。これは実に糾弾すべき事だ。

宣撫官の人格、知識等を、一度試験して、その態度により、その人間の適した地方に向けるべきである。これに対して本部に於ては何等考慮なし。実に憂ふべき事である。

従軍宣撫班の必要もなしと思う。すべからく一度その地に居ったなら、その地に於て定着し、特別の理由ある以外は移転さすべきではない。又、一県一班主義でありたいと思う。

この仕事はいや気がさせば絶対に出来る仕事ではないのに、早くもいや気がさして、みにくい仕事振を見せている連中は一日も早く原所属に帰すべきである。

本気でやるなら骨を地に埋むべきである。国家的人材を所有しえない宣撫班に望むことなほ薄し。月冴えて故郷を思う胸淋し。父母兄弟、佐々木兄は、小母さんは、牧田は、月は何処でも冴えているだろう、青く。

治安維持会

四月十日

旅団司令部に行く。

今日、小学校の開校式あり。旅団高級副官出席す。桜の木を植えるべく兵士十数名来る。県政府前の道路に植えるべくする。

本日汾城県*へ行くべく計画す。電気のないのが困った問題だ。

夜、農夫二名来る(牛徴発に関して)。早速、通訳をつれて小隊へ赴き、小隊長と話し解決す。返してもらうべくする。

その時、汾城方面の意外に情勢の悪いのを知る。昨日も汾城・新絳間の道路通行中、手榴弾を投げられて日本兵二人死したと聞く。汾城城内の西北の山地に約千人の敵兵居るとの事、然し班長帰来次第、同地に行くべくするの決意を固む。敵兵は便衣を着て百姓しながら、その方法に出たとの事、治安維持会は軍の中にて出来ているというも心もとなし。

農夫に敗残兵の動向について探る様言う。

昼間、貧民、路傍のマント売来る。日本兵に熱湯を、ササイナ理由（ほとんど理由なしに）、蹴かえされ、下半身熱湯のため、ひどい火傷をうけて、見るも無惨なものであった。ほんのちょっとした心、ちょっとした腹立がこんなにまで相手を苦しめ困らせるとは思わなかったであろう。俺も、この点、自分のなすことに一度反省を要すると思う。その患者をつれて野戦病院につれて行く。この治療にあたった下士官の人の態度非常によく、自分としても嬉しかった。

戦争は勝った。勝ちっ放しでは駄目だ。本当に勝つには敵を心服させなければならない。宣撫班の使命は重大だが、果してこの使命に適する人材をすぐってあるや否や。断じて否だ。

兵達が、兵達と言っても我々よりずっと年上の召集兵が蓄音機を聞いて一年ぶりだと喜んでいるのや、本を一冊でもくれと言って活字に対する愛着の念を述べているのを聞くと、自分も同感であり、涙ぐましくなる情景だ。俺達文明人は飯を食うだけでは、女だけでは生きていけないのだ。

女に対する欲望もある。然しわりに平気だ。人がそれに対する気持を話しているのや、班の奴がそれに行くのを見ても平気だ。

それよりも文化に対するあくがれに胸をつかれる。淋しいと言う気はそれに発している様だ。都会、それは文化人にとって忘れることの出来ないオアシスだ。丁度、牢獄の人の様に、そこに行く自由は自分達にはないのだ。それを思うと自由であった昔、哈爾浜の空が偲ばれてくる。俺は生きて生きて生きぬいて、たくましさを身につけて帰るぞ。

戦場の話、聞くたびに胸重くなる
もろくたおれる人の生命ぞ
ここに来て何も言えない、ただ生きている
苦しさにうちひしがれて
兵士の顔にのびたひげの悲しくおかし
たった一つの楽しみと思えば
喜びもなくがつがつと飯食える
兵士等悲し戦場のひる

＊　現在の臨汾市襄汾県汾城鎮。

四月十一日

班の横庭より街を眺めると実に美しい眺めだ。遥かに横たわっている汾河。その向こうに広がっている平野。森もある。林もある。そして彼方に山も見える。あゝ故郷よ。日本よ。戦争も流血も、悲惨な光景は、新しい空気の中にとけて消えてしまっているようだ。誰がいつ、ここで争ったのだ。夢だ。あの丘に、首なしの死体がほこりにまみれて残っているとどうして思える。ころがっている。それ自体こそ夢の世界に似ているのだ。だが現実は常に冷たい。死体をがつがつと食う犬の群があそこを走っているだろう。

あの道に沿った民家の壁には、武装して国を守れ、死をもって日本と戦え！
あらゆる憎しみの言葉が書かれているとどうして想像されよう
自然は静かに微笑んでいるのに、あゝ人間の生活は――
空は青い、あくまで澄みきった空だ
あゝここにも、私は何も言えない淋しさにうたれる

施療所開設

四月十二日

守田大尉、野戦病院長来る。

一、施療所開始（明日）の件、
一、県政府より、それに書記一名出す様にとのこと、
一、宣伝の件、
一、衛生調査会組織について（衛生隊、露営司令官、宣撫官、県政府より。）
一、道路清掃の件。
　外一件、犬の件を自分より提出す。
イ、徴発牛馬の件三件来る
一件の解決におもむく。鮮人通訳と馬夫とに徴発を行わしたるために、金の行き場所に不審あり。農

夫は受取らずと言う。馬夫は渡したと言う。どうも鮮人通訳に不審の点ありと見る。明日調べることにす。

然し兵士（下士官）には、責任をもって徴発に立ち会わなかった点を忠告する。今後注意するとの事。表にはこの問題は出さないが、厳重に農夫の利益は守る。

外は明日解決。

田中旅団副官来る。色々の話あり。十一日、黄河を越えて敵兵四〇名来り、その船を見つけ始末したと言う。当方の兵士、砲兵、丁度その地点に行きあはせたとの事で、平穏にならん。汾城方面は非常に悪る《ママ》しとの事。近日中、掃討を始める程、又、兵士が十一日傷ついたとの事である。敗残兵多し。

共産軍朱徳*、確かに山西省に居るとの事。

昔の事を思い出す。何故か甘い気が湧いて来る。ホロニガイとでも言うか、月が冴えている。桃の花が咲きほこっている。庭を散歩する。ロオマンチックな淋しさ。鶴と言える女あり。彼女、今はどんな生活をしているや。可愛いい瞳と可愛いい唇の女、久しく思い出すことのない女、ほのかなる桃の香りに似て。

芸者新猫と言える女のことも胸に浮ぶ。無事なれと祈る。姉の如く吾をなぐさめし女、なつかしいと思う心は月を見る。四月の月は、日本にては六、七月の月。満州にては九月の月。早くも夏の月なり（夢があるから人間は生きているのだ）。

＊　一八八六〜一九七六。四川省儀隴県生まれ。中国人民解放軍の指導者。中華人民共和国元帥。一九三八年当時、八路軍総部と第一二九師団を率い、華北に晋冀魯豫抗日根拠地をうちたてていた。

四月十三日

徴発牛の件二件来る。前日の解決におもむく。矢張り鮮人通訳の出鱈目と解る。華人をおどかしすかしながら真偽をたしかめるのにはひどく骨折る。約三時間にて終る。この問題はこれにて表面化しないことにする。人間とし、人をさばく事のむつかしさを知る。警官がおどして被告人をしらべる気持が理解出来るような気もする。

四月十四日

仕事なし。昼寝をする。あくびしていれば猫もあくびしているのどかさである。鳩をピストルで撃とうと思ったが可哀想なのでやめにする。

城壁を一周する。約二時間あまりの時間で廻ることが出来たが、美しい野や山の日本に似ているのに思わずほろりとしたくなった。ほとんど部落には人が居ないであろう。何と言っても戦争というものは残酷なものである。

自然を人が支配している——そう思いたくなるのが戦争だ。あらゆる天然の脅威よりもっと恐ろしいものである。街路を見て歩けば如何にその大きいかが解る。そして人間の生命はあわれと言っていい程、あわれだ。みじめなもの——それは人間である。

人間の手によって戦争し、早や人間の手でどうすることも出来ない様に大きくなった戦争。

生命に対する、言い得ない執着。俺は生きていたいと思う。あゝ空は青い。

稷山県*の責任者となる

四月十五日

愛護村の計画を立てる。自分の気に入らないのでやめにする。愛護村として定型にはまったものは造りたくない。新しい、そして永久にのこるものを造りたい。

青年に対する感情、青年教育を第一にもってくるべきだ。その外に何もない。然し支那の青年は国難に向かって立ち上った。それでこそ青年だと思う。国家の危機、民族の危機、人民の危機に立ち上がることの出来ない青年は役に立たないのだ。そんな者は青年でないのだ。

支那の八路軍の多くは学生だと言う。そして銃器も少ないのだそうだ。一〇〇人で一五、六から二〇の銃があればよいのだそうだ。そして手榴弾を持って突撃してくるそうだ。今、農村に安閑として残っている支那の青年では役に立たないだろう。そして彼等に期待することは出来ない。

敵とは呼べ、彼等を理解することが出来る。彼等の中には十七、八の青年が多いと言う。これこそ青年支那の強さだ。国みだれて英雄出ず。英雄になるその気持こそ我等にも必要なのだ。

本日、稷山県の引継をやってくれと七九班より電話あり。直ちに引継の準備にかかる。宣伝資材、及工作費（三〇〇円）県政府より借金する。稷山県は前県長の勢力強く、一度、治安維持会を造ったが、軍隊がそのまま河津に出発したあと、再び県長、治安隊をひきいて入城し、治安維持会を壊したのでその後の再建難しとの報を聞いたことがあるので充分に努力する必要があると思う。前県長は城外の山岳地帯に頑張っているそうだ。そしてインテリ、及、有力者をつれて非常な勢力と聞く。

引継事項の主なるものは

イ、県民大会後、歓楽大会を催すことである。河津方面では今、追撃戦があっているので、毎日、弾薬を曲沃の師団より送っている。

酔った兵士に会う。実に不愉快なり。商店より酒を取り上げようとしている処に行く。注意するにも何も言えない程酔って乱暴するのだ。

＊　山西省運城市に位置する県。

四月十六日

朝、新絳発の約四四、五台のトラック自動車隊に乗って行くことになった。五時に起き、城門へ行く。八時出発だ。早くも出発準備は出来ている。約一時間半で稷山に到着だ。

自動車でゆれるのは臨汾―新絳間のトラックと二度目だ。砂塵が物凄い。再び地の果を行くのだ。あの砂漠地帯。この黄土地帯。一大隊の兵士を乗せた自動車は一路戦場へ向かうのだ。生きて帰れるか帰れないかニヒルな気持が渦巻くが、それともヒロイズムか。無意味に命令されるまま進んでゆくのだ。

何もない。笑っているのか。黙ってほこりにまみれている。山岳を登る。ここあたりが半月程前までは危険であったところだ。ゴトゴトとゆれる。山が頭の上からのしかかる。そして静かなものが待っていそうだ。

平野へ出る。そこには広い高地がある。田や畑で働いている農夫の姿は少ない。皆農民は井戸をほって小さな井戸によってこの広い土地を耕しているのだ。大地、大地、土にはいつくばった農民よ。戦争を何と思ってみつめているのだ。

そこには没法子《めいふぁーず》＊があるだけか、烈しい憎しみがあるか、私は笑いきれない淋しさがある。

地方農民は今度の戦争も南方軍閥が攻め上って来たと思っているものもあるそうだ。そこに支那の悲劇があるのだ。そうならされた農民の苦しみ、戦争を、その残酷さを何ともしえないで黙ってみつめさせられていた農民、没法子――そこに何もないとは知りながら、然し青年層は銃を取った。そうしえし時代を喜ぶ。

稷山、村上班長と仕事の引継をする。

大要左の如し（記事はない）

＊「どうにもならない」という中国語。

四月十七日

初めての自分の責任持った仕事だと思うと張り切った気になる。

内地から来た宣撫官島村、外に中村、赫の三君と一緒だが、俺は誰にも負けない気で先頭を切っている。俺は彼等を引き連れて自由に動かせるのだ。自分の思う通りに指導するのだと決心する。

稷山県一県の指導が自分の手にあると思うとやるべき事はやるぞと思う。

明日の県民大会の指導の為、治安維持会に行く。会長以下、見るべき人物なし。有為の青年人物は全て国のためにたっているのだ。残された彼等を指導する事に先ず苦痛を感じる。

県民大会

四月十八日

県民大会にのぞむ。

式次の通り会をすすめる。第一になすべき事は民衆の苦痛を、戦場より受けた悲惨な気を消し去ること、それはとうてい一度や二度の催しでは出来るものではない。民衆の苦悶を救うのはそんなものよりもっと根本的なものにあるのだ。然し今はこの仕事によって少しでも彼等をなぐさめると思えるので思う存分彼等を楽しませるために、かたくるしい式は簡単にすることにした。

一、二国旗に対する礼
一、開会の辞
一、皇軍戦死者に対する黙禱
一、警備隊長祝辞
一、班長祝辞
一、政治指導官祝辞
一、維持会員講演
一、県民代表者
一、村長代表講演
一、青年隊代表
一、少年隊代表
一、新政府支持決議文朗読
一、中華民国万才
一、大日本万才
一、稷山県万才
一、閉会の辞

式終れば何もなすこととなし。然し今日の日を喜びにあふれたる姿にて踊りくるうと見える民衆に亡国の夢は果していずれにあるのだろうか。あらゆる悲劇をつらぬいた喜劇、又、その反対のそんなものが物寂しく想い浮かべられる。

人間であることの苦しみであるか、それとも楽しみなのか。高くなりひびく鐘の音と共に、物狂わしい色々の踊がつづけられる。

県民大会は終っても誰一人として何等関心を残すものなきようである。平日の通り、あるかなきかの姿をぶらりぶらりとただよわせている。汚れた犬が行く。そのあとには乞食同様の住民が歩く。

金のないことは喜びであるやら悲しみであるやら、それ以上に戦争は金なき人間を徹底的に死に追いつめて行くものである。

警備隊長と話しする。彼は淫売婦について取締ってくれとの件を云う。街には近郷の飢えた農夫の妻が子供の手をひいて春を売りにくるそうだ。何処に生きている楽しみがあるのだ。相手は敵国の兵士なのに、そこには何もない。人間のシラ悪さが広っているばかりだ。

果てしなく広がる人生の苦悶。我々はこの前に黙然とするのみ。外湯場を日本式。警察隊の件を聞く。

夜、銃声を聞く。

俺自身の心の中に、何に対しても恐ろしいものはないと云うよりも、何ものも必要としない気が出来てきている。ニヒリストではなくても、それよりつきつめた――馬鹿、あらゆる点に於て馬鹿になった。

俺は性欲には絶対に負けない自信がある

四月十九日

一日、平凡な日を送る。稷山はあらゆる点に於て苦しんでいる。こんな形式の街（商業取引）は戦争下に於いては実に復興には苦しまなければならないかが解る。生産都市でなければ絶対に、住民は飢から救われないのだ。

山西省の奥地の山奥の街にきて何を言ってこの感じを現していいのか解らない。経済的な法則も無駄になったような気がする。唯必要なものは女だけなのか――俺は肉体としての女を今は欲していない。なぜか解らない。俺は性欲に負けない、絶対に負けない自信力がある。俺はこの点、実に強いと自惚れているが、精神的には非常に求めていることを知る。実に女は必要だ。戦地に於て非常に糖分を求める様に。

これは俺がセンチメント、又は、ロオマンチストであるからではないと思う。俺は何物かになぐさめられ力づけられたい。それだけ弱いのだと思う。俺は手紙も出すまい。然しそれによって精神力が強くなるのではない。

女よ、俺は君の真価を知る。男性は良い意味に於てアッシスタントとして君を求めてやまないのだ
眼をとじれば思い出す。女の顔の数々よ　　君達はこの手で消してしまいたい
この手でもみつぶしてしまいたい　　憎い程なつかしい
君達の姿は　　はるかな砲声に似て　　一度近づいて見たい衝動にかられる

こわい程　　こわいほど　　牢獄もなつかしく感じる日があるのだ

新絳へ帰る

四月二十日

昼過ぎ河津より引継に来る。大体の引継をすまして治安維持会に行く。会員を集め、新宣撫班を紹介し、最後の別れの挨拶をなす。自分としては此の地に於てなしたい事もあるが、新区域変換によりしかたなし。大会に於て見つけた青年が治安維持会の役員として来ていた。彼の大成を祈る。自分の気持を別れるにのぞんで告げる。

新宣撫班にも彼のことを頼んで来た。

河津の宣撫班長は住宅に居た佐藤らしい。彼の如き人間が宣撫班長になれるのかと思うと淋しい。何と言っても人物の払底は隠すことが出来ない。宣撫班に於ても又、新政府に於てもすべて駄目だ。

四月二十一日

朝少し曇っているので、新絳へ向けて出発するのをどうしようと考える。だが今日帰らねばまっているだろうと、警備隊に行けば、一小隊早くも三時に出発したということなので、一行五名、新絳まで約六里の道を歩むことにした。昨日、少し銃声を新絳道路方面でなっていたのを聞いていたので無理かとは思ったが、皆が尻ごみするのをおして、ついに出発する様にした。

何と言っても戦地だ。充分の要心をして行く。自分としては危険に会った場合は、最後まで残って、自分が死ねばよいと思った。そこで一番に赫君を逃し、その後一人ずつ日本人を逃してゆけばよいと決めて、腹ではいつでもこいと思いながら歩く。

午前八時、丁度春の麦が雨に洗われて新鮮な青々しさを風になぶらせている田の道を通って二丁ばかりゆくと雨が降りだしたが、行くことに決めた以上行く。これが戦場の慣しだと思い進む。

途中の部落に百姓達の固っている姿を見ると、何となく敗残兵でも居るのではないかと思って心配する。木も道のあたりに繁っているのは日本とそっくり、田舎の景色は特に似たところが多い。雨が強くなると道がたちまちにして泥濘と変るのだ。一歩一歩の歩みも困難だ。ふみしめる足、すべろうとするのを耐えて進む。靴が足を嚙む。痛いと思う心より進もうとする心の方が強いのだ。

皆、汗を流している。雨ではないのだ。顔をつたって口に入るにがいもの。それは努力の滴だ。討匪行の歌を想う。どこまでつづくぬかるみぞ。歩みがぬるくなる。途中で自動車に会うが乗せてくれない。日本人でありながら残念だと思う。然しそれに元気づけられて歩み続ける。先頭に立ってゆく。敵を恐れる気持ちはない。行け、行け。どこまでもこの苦痛に耐えるのだ。

周流村についた時は皆ぐったりとなって空腹をかかえて立っているので、村民にマントを持ってこさせてむさぼり食う。ここの村長が過日、馬をかえしてやったので、知っていたので馬車二台したててくれる。然し寒さにふるえる気持は何とも言えないのだ。

丘を乗る。丘を乗ると広い台地が続く。この丘を車にゆられて行く気持は寒さにふるえながらも安心した気持で一杯だった。

雨は烈しくなる。林の彼方に汾河が白く光る。銀色にしぶっている一面、その中にほのかに近くなったのは新絳の塔だ。無事に着いた。その気で何も言えない。ほっとして午後三時、宣撫班の庭におりる。

四月二十二日

（記事なし。書かれていたものが消えた可能性もある）

避難民の生活

四月二十三日

綿花種子を上海紡績の手で農民に渡すので監督に行く。実業局の主任が来たので、彼にまかせて馬に乗ったりして遊ぶ。

寝ころんでいればそれでいいと思って自由に寝ころんでいた。雨期に入ったらしく曇天で寒い。

汾河に近づいて見たら河の流も少しは増している。避難民達が河端に乞食小屋みたいなものを立てて集っている。彼等は一日僅かな食代で生きているのだ。土にはう人々と言ってもいいのだ。

班長達は一行五名で汾城へ行った。俺は愛護村をやるた

汾河。山西省を北から南に貫いて流れ黄河に合流するきわめて重要な河である（霊石県付近）

めに残された。仕事はいつでも出来るのでのんきにしている。

夜、新絳市内の淫売婦の状態を見に行く。薄暗い露路の隅に小さな家の内にいる彼女達、そしてほとんど全部が夫を持っているのだ。この状態を見る時、支那に何があるのか――支那がほろびる原因が解るような気がする。これは勿論、日本に於てもあることと思う。

だが行く女、女が皆夫を持っているのには理解できない心理を想う。阿片を吸っているらしい部屋のにごった空気、その空気のなかに育つ子供、貧、餓は人間をここまで動物のように追いつめてゆくのか。

これを承知しながら兵達はここにくるのだ。みにくいと言うよりも、もっとつきつめた人間の動物性をまざまざと見せつけられ、又、知ることが出来る。本能の前に弱い、精神的にそして強くなれる。それが人間だ。

彼を殺すことも、又、虫一匹を殺すことも同じであるかもしれない。虫を殺す、そのことがもっと考えなければならないことかもしれない。そんな気持を抱ける程、動物としての営みを営んでいるのだ。

こんな生活に平気で耐える支那人、そして人間の習慣と言うものほど怖ろしいものはない。

新絳で商売をしている者の中で病気でないものが一人もいないのだ。この実際を知るとき、この動物的な、規律といふものからはるかに遠い処へ人間をおしつめていった根本原因、それは教育だ。彼等を動物同等の地位より救うものは教育だ。

自分のやっていることが悪い事だと知らせることだ。が、あるいはそれを知っている、人間であるから彼等も知っているのだ。それ、それを追いつめれば生きる為に必要な貨幣だ。貨幣。この資本主義こそ、何とかしなければならない根本なのだと痛感する。

愛護村規定

四月二十四日

馬の件、三件来る。

㋑一件は二人の百姓、二頭の馬、㋺一件は一人の百姓にて二頭の馬、㋩外一件は一頭の馬。

㋑の件は直ぐ一頭返してもらう。南蘇村。㋺は一頭の馬を牛と交換して返してもらう。外、一頭は駄目なり。

愛護村の規定を印刷終る。

兵士は、農民が良民であろうが何であろうが、少しでも馬を返してもらう様に言ったならば殺してしまえと云う。人間の生命を戦場は実に軽る《ママ》くするものなり。我々とてもいつ簡単に生命を失うものやら解らない。

家や哈爾浜へ手紙を書きたいと思う気もする。皆、どうしているのだろうか。哈爾浜はまだ寒いだろう。

馬の件　二件共駄目だ

四月二十五日

昨日の馬の件を二件片づけに行く。二件共駄目だ。軍の作戦上と言われるとだめである。自分達の微力さが解る。何とも言えない淋しさにうたれる。

今日、愛護村の規則を書きあげる。斬さんと会って区長の推薦をしてもらう。大した仕事なし。愛護村旗も出来上る。これに文字を入れる必要がある。軍と国民ということについて考える。又、占領地と軍の態度。日本の植民地政策の失策は何と言っても国民性の気短いと云う、そのことから発生しているのではないかと思う。

とにかく日本人は理屈っぽい。物事を四角四面のなかに入れてしまいたがる癖がある。それをつくづく考えさせられる。支那に対する見方はもっと違えなければ駄目でないかと思う。

本当に支那民族の心に喰入るには支那民族性をよく知り、支那人の立場に一度は立って考えなければ駄目だ。今、戦争中の兵士達にこの理屈を言う方が無理かもしれないが、一度、支那人にも理屈を言わせてやればよいと思う。日本流儀で彼等を押しきろうとすれば彼等を治めることは長く出来はしないだろう。小さな事だ。馬徴発の件に於ける兵士達の言動にこれが現れるのは残念だ。文句を言う奴はすぐ殺せばよいと言う、この言動こそ真に日本人の欠点を現している言葉ではないかと思う。

四月二十六日

今日、久し振に手紙を書きたい様な気になって手紙を書く。父にも兄にも弟にも書いた。皆、心配していることと思うが、なるべく面白く伝えておいた。国雄の入学の件を思えば、彼をどうしようかと思う。彼は彼一人の人生観を最早持っているだろう。それを育ててたくましくのびのびと伸してやればいいと思っている。

佐々木氏、神崎氏、小母さん、叔母さんにたよりを書く。たいした用件もないが、皆、菓子へのSOSばかりだ。糖分の欠乏は非常に重大だと思う。

今日、政府に行って愛護村旗の村名を書かせる。支那人は非常に文字はうまいと思う。この様に彼等はのびる素質は持っているのだから、こんな点をつかめばよいと思う。一枚、義重泰山と書かせた。

四月二十七日

あらゆるものに対して怒を持つ。これが必要ではないかと思う。人間としてあまりにも平凡になりすぎたと思う。この欠点は何にあるか。自己の仕事をもっとつきつめてゆこうとする情熱の欠乏が之を支配するのだ。こんな淋しいことはない。然し自分にとって今度の旅行が与えてくれた幾多の指標については実に感謝する。この事は無意義ではなかったのだ。だが、人間生まれた以上、正義派として貫いてゆけば、その為に生命もいらないのではないか。俺は今までの生活に於て、あまりにも屈辱を甘じ《ママ》すぎた。俺は怒ることを知らない卑怯者だ。日和見の馬鹿だ。おい、若者なら、青年なら、真一文字に進んでゆかないのだ。

俺は俺自身にとって悲惨を感じる。功利心が強すぎるのだ。俺は利己主義から逃れえない馬鹿な人間だ。生活を、そして社会を、清く貫く若々しい熱を持って、再び起ちあがれ。

四月二十八日

昼、のんびりしていると太原から陶山君が来た。特務機関の経済班長と一緒だ。あまり突然だったので実に嬉しかった。自分自身なんとも言えない気持だった。然し彼の態度に冷たんな態度があるのを見ると、実に、又、淋しい様な気がした。

太原に俺宛に手紙が五、六通来ていたそうだが、早くついてくれるといいと思っている。飛び上がるほど嬉しい。おい、俺に宛た手紙が来たぞと——班の連中にいつまでも言いたい様な気だった。手紙と言うもののうれしさが実によく解る。

四月二十九日

天長節なので今日は業務を中止して一日遊ぶことになった。家に居れば兵隊さん達が沢山来て、蓄音機を聞いて喜ぶ様は何とも言えない程、嬉しいものだった。ふと涙ぐみたい様な気がして何とも言えない。中には胸部に貫通銃傷を受けた兵隊さんも居て、笑えば胸がいたくなるので胸をおさえて忍び笑いしているのを見ると何だか迫ってくるものがあった。安っぽい音楽のせんりつも、人々を楽しませ、娯楽と言うものを所有することの出来ない人間にとって涙を流させる様な感激を持たせるのだ。

何でも言いたい。それも封ぜられた様な世界に於て人は感情をろこつに現して

三　軍人の宣撫工作軽視を知る―四月三十日〜五月十九日

愛護村発会式

四月三十日

明日は愛護村の発会式だ。

いよいよ、本格的にやり始めるのではり切っている。候馬鎮より、産業調査に菅部隊の通訳くる。菅部隊長は佐々木氏の友人の菅氏のお父さんらしい。忠三郎と言ふ名前と、札幌にいたんだと言うし、又、子供さんが一人戦死したと言うのを聞くとどうもそうらしいと思う。

臨汾に居られるとの事だから一度行って、菅氏も長く家には帰らぬと言っていたし、又、手紙を出さない様だから話してあげたい様な気がする。

汾城の分班に電話しに行くと同時に西本大尉に会って話する。今日から新絳を灯火管制するそうだ。敵方に於ては約二、三千の敵が、又、黄河を渡って来たとの事だ。

彼氏一流の戦争に対する意見を聞く。彼等は真直に戦争をすればよい人間だから、なかなか仕事がしやすいのだ。彼等一流のプライド。それだけによって動かされる兵士もいるのだ。

五月一日

愛護村の発会式をやる。午後一時。旅団の田中副官、西本警備隊長出席して、二三箇村の村長と三人の伍長、県政府の役人を持って発会式をする。彼等に何をやろうとする意思もない。村長を集めて仕事をしようと思う気持ちが間違っている。何も形式ばった仕事をする必要もないのだ。

人をつかむには何をすればいいか。経済的な利益の少ない処に大衆は眼をひかれないのだ。第一番にやるのは有力者の指導であると共に、農村に多く居る村民青年層の獲得こそ必要なのだ。彼等をつかむ。時代を知らしめ、理論を与え、再教育しなければ駄目だ。明治維新時代の青年も、一ぱんに人並み偉ぐれた青年ばかりだったと言うのではない。彼等をそこまでたたきあげた時代、時代の動きこそ大切なのだ。国を守る。主義に生きる。それこそ青年なのだ。積極的に前進する青年は今、北支の各地に於て銃を取っている。

これ等の青年層をつかめば成功だ。それ以外に何等かの方法ありとせば、青年教育に力をそそぐことだ。然しそれには彼等の中から生命を引きつける理論が必要なのだ。

愛護村も必要だ。然し彼等を団結させて武装のもとに起ちあがらせる大衆教育をしなければならないのだ。

支那人の特有の性質だと言って彼等の個性を低く見る気風があるが変革の必要ありと思う。

状況悪化と使命の中断

五月二日

汾城分班の件、関旅団長よりの伝えにより新絳中心主義にやる方がよいだろうとの事と決し、汾城分班を呼びかえす事になった。

連絡に露営司令部に行き汾城と打合す。近頃、人間がずるくなってか、慣れてか馬回収に行かなくなった事は実になげかわしい仕儀だと考える。

五月三日

朝、県政府に行き、十二月以来の内地帰還する遺骨に対して焼香する為、司令部に行き、引きつづき南崗に行き、河津方面よりの遺骨を送る様にするため、県長初め要人連中をつれて行く。焼けつくような太陽の下で、橋近くの材木に腰を下したまま待っている時間の長さはなんにも云えない程だ。

関旅団長が臨汾に兵を引きつれて行くのを見る。噂によれば非常に悪いとの話である。

七七小糸部隊の内の犬飼隊など非常な激戦をやったらしい。霊石方面は特に悪い。死と言う事は実に崇高な事で、軽視すべきものではない。この事実は遺骨の前に立てば自から身につたわってくるものがある。

警備隊長の話では邢県方面に約一万ばかりの兵がふえたので要心しろとの事である。又、河津を渡って来たらしい、なかなか勇敢な戦闘力だと思う。

遺骨を送る。一八〇体の物言わぬ木箱が戦友の手に抱かれて静かに遠ざかってゆく。熱砂の彼方に消えて行く自動車。

あゝ、消えてしまった兵士達の魂は何を見、何を語っているだろうか。やけつく陽よ。彼等の静かなる凱旋を心から祝ってくれ。

三時頃、紡績工場の開始式にのぞむ。北支で初めて見る機械の立体美、そして力を入れられるや、大きくゆったりとした廻転を始め、急激に早まって行く。あゝ忘れていた文明の集結はここにあるのだ。この上に人間ががっしとまたがって駆使すればよいのだ。機械よ。鉄の光よ。轟く騒音と共にいつまでも続け。

機械の運動をみた事はゆるめられていた気持を、又、よびもどした。新しく刺激をうけることは人間にとって実に必要なのだ。

宴会で下手な歌を歌わせられたのにはまいった。

五月四日

朝、汾城より連中が帰ってきた。

島村君が徴兵検査で北京に行くので便りを書くことにした。熱が三八度ばかり出て非常に身体の調子が悪いのでぼんやりと送る。

熱っぽい頭をかかえていると何とも言えない程がんがんとするのだ。

便りを佐々木氏、家、田辺氏に書く。

破れる様にいたい頭で書いた手紙だ。何を書いたか解らない様だ。

五月五日

島村君出発す。同時に県政府の役人、県長、顧問、曲沃へ慰霊祭へ行く。

昼、初めて馬による遠乗りをする。快く馬が走るので気持ちがよかった。風を切って飛ぶ馬の早さを何となしに愉快に感じる。

四時、燧火《まっち》工場の招待宴におもむく。何と言って食べれるものなく支那料理はあきた様な気がする。その支那料理も実にまずいのだ。マッチ工場の状態も大分よくなった様だから我々としても大いに経営に対して注意する必要がある。太原特機の政治班の人間が来る。彼の話の大意も大した事なく、そうして指導して廻るつもりだからおそれいったものだ。

宣撫班の業務日課表

五月六日

朝、これからの日課表が決定する。

午前七時起床、七時半朝食、八時業務開始、十二時昼食、一時業務開始、五時晩食、十時就寝。早起は苦手だ。

馬を飛ばしに南崗の紡績に行く。途中落馬してすんでの事に馬にけられるところだった。足があぶみにかかってのかないのには実に困った。これからも注意を要する。要務他になし。

夜、すき焼を作る。得意の料理だ。

五月七日

朝、七時起床。馬にて橋西、橋東の両村に工作に出掛る。尻の皮が破れているので実にいたいが我慢して行く。

橋西に行って愛護村について喋べる。我ながら不出来だ。橋西等、少ない人数、そして愚かなる事を言うのに何程の苦心もいらないし、又、熱もない。唯、仕事だからやるのだと言う気だ。農民について特に新しく感じる事なし。日本の農民よりも政治関心が少ない様だ。

帰りに三林鎮の紡績工場へ行く。民間経営の工場であったと思う。その他、紡績機械は実に古い形式である。豊田式に於ける如き、簡易化は出来ていない。工場内部も近代的であるが、これの内に於ける労働者のたいぐうは支那特有の安さと時間の長さによってたもたれている。紡数一万八〇〇〇、労働者一六〇〇あまり。発電所を参観、工場内も大したものではないが、綿くずのとんでいる空気の濁りははなはだしい。上海紡績、東洋紡□□、鐘紡（太原）などの大資本進出によって何が決定的になるのか、それは明白だ。戦争の破局はここにある。

大した仕事の残りを形づけてゆく資本家の手腕には感心するが、それに蹂躙される現状では駄目だ。銃剣は大資本の進出をますばかりだとつくづく感じさせられる（国家としての）。

五月八日

明日班長曲沃に連絡に行くので岩崎さん宛手紙を書く。

汾城道路の愛護村長を集める。汾城線に於ける電線がしばしば切られるので其の旨について適当の注意を与える。外、物産についてしらべる。敵方の状況は最近非常に悪くなったと言う事である。侯馬あたりでさえ襲撃されることがあった。臨汾までの間に於ても鉄道破壊がしばしばあるそうだ。

侯馬は約二百。臨汾―侯馬間の山岳地帯にいるのは約一箇師団の兵力らしい。河津方面も黄河を越えて渡ってくる敵兵が相当の数だ。

（汾城方面へ向って移動中らしい。約一万）

霊石あたりは実に悪い。あのあたりの連絡は相当困難との事。敵は我が方が守勢になったので、少し攻勢に出て来るらしい。新絳は大丈夫だ。

旅団長は二週間後帰って来る予定。

石田部隊の妓女提供問題（軍人の腐敗）

五月九日

朝、班長出発。石田部隊、山崎部隊の、妓女を商務服に於て提供させていた事件を発見し、この件を調べる。二日より八日迄の金額一八七円の多くに達するので、我々としても対抗策として軍法会議に廻す決意を持ってこれにあたる覚悟である。約一ヶ月以上これを行っているので金額として六、七〇〇円に達しているのではないかと推定さる。差務服、商務服をとりしらべる。

劉氏の招待宴におもむく。井田君と以上の件で口論じみた事をする。断然として罪に入れるのをさける

かっての街道跡（臨汾市）

方法をこうじたいためである。

隣の部屋に石田少尉がいるのは皮肉だった。

軍人の宣撫工作軽視（宣撫班の無力痛感）

五月十日

主として差務服の軍人に対する妓女提供問題についてしらべる。これは絶対に厳重に調べる必要ありと思考す。一ヶ月約九九七《マ》、六《マ》三銭の多額にのぼっているのを見ると、実に支那人も日本人も、その態度が何とも言えない様なみにくさである。

県公署の財政をどうする気でこんなことをやったかと思うが、この土地にのこった支那人のくづだと知れば何も言う所なし。

西本大尉と会う。宣撫工作に対する軽視を知る。我々としても宣撫班の仕事については実に頼りない感情を持っている。其の立場の日和見的な事、大きな明確な使命の決定なき事、結局は日本軍隊の尻ぬぐいにしかすぎないのだ。宣撫と言ふ事が表面的にでも必要となって、戦争の惨をおおいかくすことが社会情勢となった事を軍人として知ってもらいたい。昔の戦場と占領地、後にくる償金と領民地ではなくて、戦場占領地がみな、其の国家の権力の下に置かねばならなくなった、その点を考えてほしい。

然し戦争にとって宣撫官を作ってやるのは、実際あまり効果はないと思う。この仕事は将校の団体によって組織さるべきだと思う。軍の作戦上とか戦略上とか言われると何も言うところがない。そのままにしたがってゆくばかりなのだ。

約七百の敵に電線修理班が会い、全滅するかと思われる程の危険に落入ったそうだ。二度、三度と突撃され、死を決意して一五人のものが戦っていた。電話線により警備隊に通じる。死を待って懸命に戦っている兵士達の声を聞けば、西本大尉は何とも言えない様な苦しさを感じたそうだ。さいわい野砲一個小隊の兵力の増援により助かる。軽機手は涙をながして軽機をにぎりしめていたそうだ。約四十発野砲をうってひきあげてくる。部落、二、三、焼きはらったとの事、北平原にて二人銃殺したそうだ。最近、敵が活発になった。

五月十一日

北平原の村長来る。明日より汾城迄、道路巡察を一名出す事を命ず。

馬に大分のれる様になった。一度、落馬してから、なんだか馬にのるのがおそろしいみたいな気になった。

夜、病気の淫売婦が日本の軍人が営業許可になっていないのに来て、無理に商売をしろと言うので困るからきてくれと言うので行く。丁度軍人が下の方を裸にしている処なので、その理由を言って駄目だと告げたが、酒に酔っているので聞きわけがないので、露営司令部に行く様に言うと、変なたんかを切って文句を言うので共に出かける。途中にて軍人を宣撫官が調べる権限を持っているかと言い始めたので、その権限には少々困った。

我々は実に無力だ。要するに我々は日本軍人のやった尻のごい《ママ》をたんねんにやればそれでいいのだ。其の外、軍の作戦に合致した密偵などの派遣に主力を置けばいいのだ。

我々の力の無力さ。それは昨日以来、痛感の至りだ。

五月十二日

朝、北平原より報告来る。東汾陽に於て電柱八本切っているとの事。午前三時頃だと言う。候馬鎮方面に於て砲声聞こゆ。敵の部隊が候馬鎮を襲撃し盛んにやっている。最近は新絳県の付近も敵の出没多く、実に危険になった。汾城などは敵の勢力下の村が大部分である。候馬、臨汾間、候馬、聞喜間、共に鉄道破壊されて不通の由、何と言っても死力を尽してくる敵だ。相当のものだ。感心する。

朝から続く。二、三日前、駅を山から襲撃した敵の部隊だ。露営司令官も今日は行っているそうだ。相当の激戦となるだろう。

夜、淫売婦を日本軍人が昨晩と同じような件で父を引っぱって行かれたとたのみにくる。行ってみると傷だらけな顔でしばられていた。兵士に話して宣撫班に引きうけるようにする。兵士の言では密偵嫌疑だと言う。

そんな風の事件の輩出も要は士規のゆるみにあるのだ。

五月十三日

今日、稷山道路、周流村より報告あり。昨晩の午後八時、電柱約十一本、道に幅三尺深五尺の穴を掘り自動車転覆を計画した。敵の部隊通過してそれを実行する。

敵部隊約四百、銃器を相当もっていたそうだ。次々におこるこのような攻勢振は相当の計画の下に実現されているものと思えるふしあり。

候馬鎮の戦闘は本日も盛んなる砲声を聞く。午前二時頃より昼過ぎまでやっている。死傷者が大分出たそうだ。今日トラックでここに運んで来たと言うが、まったく可哀いそうだ。曲沃候馬間も悪いし、到るところ敵ありだが、汾城の悪いのは特別としても、今後相当の要心の後、行動する様しなくてはならない。

部落へは然しすぐ入るつもりだ。

宣撫より作戦協力

五月十四日

旅団の命令として宣撫班の重点を置く処を言ってきた。

一、警察隊を戦闘しうる様に訓練すること。

一、保甲、保衛団組織を強化すること。

一、密偵網を広げること、それについて指令あり。

直ちに密偵網の強化については全力を上げることになり、その組織は警士から選定することにした。指導は自分の下に於いて自由に駆使してゆくのだ。警察隊の訓練も自分でやる。

保甲、保衛は愛護村を強化して、これによりそのつど準備するつもりだ。

要するに主力を支那民衆の宣撫より、日軍の作戦の協力におくことになったのだ。県政府の指導は一まづ終った。残るものは何もない。後は宣撫班の仕事の領域より離れるものだ。

十一日以来、候馬鎮に於ける敵の主力を撃退出来ないでいる。新絳は袋の中の鼠みたいな形だ。今度の敵は相当な強力で、曲沃は包囲体形になっている。

敵の攻撃情報

五月十五日

革新的な意見の持主は追われるのだ。何時の時代も腐敗した指導者はこのような人間を異端者として葬ろうとする。戦争は人間を真裸にする。戦争は人間のみにくい本能の全ての現れたものだ。私はこの戦争に対し何か言い切れない、理論づけられないが、本体をつかめた様な気がする。戦争、戦争、戦争は何により戦われ、何のための利益なのか。みんな解る。私は真正面からこれに対してぶちあたろうと決心する。

戦争はあまりにも大きい政治問題だ。現代の政治に本当にかんだ人。又、現代の資本主義段階の真相をつかんだ人でなければ、これに対する解決はあたえられないのだ。戦争の背後に来る「恐慌」、それによって巻き起こされる社会問題、これを解決するには、又、この広い支那を支配するには、この問題は、新しい革新の血を要求するであろう。

通訳の荻原が満州に於て農園を経営しているそうだが、その経営方法は実に面白い。三人交代で一年一人責任をもってその経営にあたり、忙しい時だけ皆それを助けに集って、――その時はその利益をもって等分にわけた金であらゆる好きな研究をするのだそうだ。人間として変った方向で見て偉《すぐ》れている。

夜、報告で約一ヶ師の敵が十九日を期して当城を攻撃するとの事である。当城内は歩兵は一兵もいず、皆、兵站で特務兵ばかりなので、これにたえうるかどうか、その点心配だ。

歩兵及主要兵力は皆、候馬、曲沃の戦闘に参加し、曲沃も敵に包囲され、電話もつうじないありさまで、まったく袋の中の鼠だ。皆、心配している。然し、これに対して取る方法はいくらもあるのだ。旅団と警備隊には知らせる。敵は優秀だ。約三〇門の迫撃砲と同数機関銃だ。曲沃方面の交戦中の敵兵は約四ヶ師で表面的に日軍と戦うのは一ヶ師だ。

又、汾城の警備隊は全然引上げて来たし汾城はもともと敵の勢力範囲なので当然、敵の手中に落ちたものと見なければならない。問題は十九日の新絳総攻撃にこの方面の敵が合流するかと言うことである。

夜襲の銃声の下で

五月十六日

十二時近くになって警備隊長副官が今度の情報についての打ち合せに来たから色々と話し、候馬へ総攻撃をうけた時、伝令を出す道の偵察、及、稷山県管村で今日、中隊長が死んだので（自動車襲撃にて）その村の状況について、又、其他の件の打合せをなす。北門を寺田部隊で閉門して、今後僅《ママ》く人を通さないと言うので、それをやめてもらう様に、行って寺田部隊長に会う。そして北門を閉じてもらうのをやめる。

午前二時頃、候馬方面の丘陵にあたって銃声が聞こえ始めたと思うと、光り始めた。照明弾と思う。実に綺麗な光りだ。花火の様に消えたと思えば、しばらくの間、静寂が続く。一、二秒の後、大きな砲声の音と変った。やがて又、一発、又、一発、火花が空へふきあがる。あゝ、戦を見る心。

候馬に於て、今日行った砲兵隊がやっているのだ。

床にねころんだと思うまもなくゆるい小銃弾の音が屋上を流れる。つづいて迫撃砲だ。相当の音だ。ビユーンビユーンとうなりをたててとぶ。がばとはねおきて外へ出ると早くも城外よりの攻撃が始まる。小銃と迫撃の乱れうちだ。ピユーンピユーンと飛ぶ。パンパンと聞えてくる、何と言っても心持のよい音だ。例の情報通りの総攻撃が始まったのかなと思う。

情報第一の生活の中で、宣撫工作を続ける

五月十七日

密偵を派遣して付近の情勢をさぐらせる。今朝は非常な攻撃ぶりだ。迫撃砲がにぶく飛ぶ。小銃も引っきりなしだ。死に対する恐怖なし。経済工作班、宣撫班の連中はあわてている。自分一人、この空気に対

して呆然たる気持でいるのはうれしい。

何とも感じない。仕事だ。情報を第一として働いてゆく。警備隊長も班の（俺の）情報一つをたよりとしているのだ。誇を感じるより、まず今、危機にぶちあたってこれに耐える、それをくっぷくさせる緊張で一杯だ。

警備隊、及、班、経済工作の連中のふがいなさを見ると、おしきって南関、西関に工作にゆく。通訳には気の毒だが、南関百名ばかり集まる。今日、朝、敵兵が南関に宣伝に二〇名来たそうだ。西関は五〇名集まる。

五月十八日

午前零時近くより再び迫撃砲が落ちる。小銃が飛ぶ。五時半まで続く攻撃は敵兵の死にもの狂いの攻撃だ。今朝は南関は早くも支那兵が約千名近く入っている。西方五荘を中心として約二千名の大勢だ。正午、北関に工作に行く。

自己を信じる力強し。何物にも負けないと言う自信がある。俺一人のんびりとして笑って喜んでいるように見えるので人が戦争好きかと驚いている。人のためみえをはっているのではない。自己を完成させるために笑っているのだ。一日中、小銃の音絶えずに、城内の住民の数減る。日本票は通じない。

霍洲市の農村部

密偵報告通り敵の攻撃始まる

五月十九日

午前二時頃、例の件*の密偵報告の通り敵兵は攻撃の火蓋を切った。

月の薄明りの中で遠く候馬の日軍の倉庫と思わしき方角に勢んに火が噴き上っている。噴火山を遠くからのぞみみる様な美しさだ。誰もがこの美しさ、不気味なその景色にうたれていた。十一時より燃え始めて今にいたるまでつづいているその有様はたとえようのない美しさである。

北方、及、南方を眺めていると、小さな灯がぽつぽつとついたり消えたりしている。何か信号らしいと思う間なく東南方にあたって紫色の信号銃がうたれたと見ると早くも城の西北方、北方より迫撃砲の集中射撃が始まった。小銃弾は流れる城内で炸裂する音が手に取る様に聞こえてくる。

南方にも敵が現れた様だ。たとえようのない敵の攻撃だ。迫撃砲が空を不気味な音をたてて通る。空は明るい月夜だ。澄みきった空を愛す。

＊「例の件」が何を指すのかは解らないが、密偵情報の正確さが問題になっていることは解る。

四　籠城生活─五月二十日〜七月七日

完全に包囲される

五月二十日

南関方面からうちはじめた小銃弾がプスリプスリと付近の壁に入る。城内は完全に包囲されている。候馬の情勢はいぜんとして悪いらしい。候馬が回復しなければ新絳は駄目だ。今日も一日、砲声、小銃の音を聞く。食糧は城内になし。約、二十日分だ。

密偵帰らず。住民の食糧は早やなくなって来た

五月二十一日

午前0時頃よりはげしくなった弾は城内に無茶苦茶に落ちて来た。宣撫班の近くにも小銃弾のプスリ、プスリとささる音が聞こえてくる。

迫撃砲が県政府をねらってくる。近くで色々の砲の音を聞く。近く遠く。何とも言えない気で聞いている。

一日中、小銃の音はひびきわたる。候馬へ出した密使帰らず、何としても連絡をしなければならない。

住民の食糧は早やなくなって来たのだ。

五月二十二日

夜中、聞こえてくる小銃、六時近くなると、又、迫撃砲が盛んにとぶ。

正午、自分の室にねていると隣の室で大きな音がしたので何だと思って行ってみると窓から迫撃砲が飛びこんで来たのだ。幸に不発だったのでよかったが、これが破裂しておれば寝ていた中村君は駄目だった。

密偵帰らず。夜は又、迫撃砲の猛射をくらう。城内の住民はなすべき方法なく、呆然としている。

北門の前には敵が機関銃をそなえつけて一人も出さないそうだ。

五月二十三日

午前0時頃からはげしくなった敵の攻撃は城内を圧している。迫撃砲が主となって、集中射撃だ。何処に落ちるか予想出来ぬ。一度落ちて二度目の弾を待っている気持はなんとも言えない。ドオンとひびきわたる音を聞いてほっとする。次ぎ次ぎに班の近くに落ちる。一秒一秒が何とも言えない、実にはりきった愉快さだ。戦争のスリルは死をとして、死をかけてあらそうところにあるのだ。

小銃の音を聞いても何とも感じなくなった。一番平気でいるので「貴方は生きて家に帰るつもりか」とたずねられた。戦争に於いて死の恐怖と戦いたいと思ってきた第一歩である。この段階は克服出来たわけだ。

人間となろう、早く自己を完成させるのだ。こんなものよりもっと大きな闘争が残っている。*

＊　これは淵上の東亜に対する大志を物語ると共に、戦争体験も修行の一つと考えていることが解る。

密偵候補者を探す

五月二十四日

相変らず敵の迫撃砲が城内に落ちる。小銃は一日中ビューンビューンと飛び回る。感傷も感慨もない。ただやる事をやればよいのだ。候馬の情勢が不明なるに付、密偵を一名派遣するべく候補者をさがす。警備隊長と会い、文書を作る。夜は相変らずの攻撃をうける。

飛行機が候馬付近を偵察し爆撃していた。候馬付近は約三万の支那軍にかこまれているらしい。

飛行機の飛来で敵の攻撃やむ。食糧少く、馬糧なし

五月二十五日

朝、候馬付近を爆撃する飛行機を見る。やがて新絳にも飛んで来た。城の上を約五回偵察して帰る。飛行機の強み。今後の戦争には飛行機を、是非、必要とする事を理解する。敵の攻撃やむ。

何となく飛行機を見れば目頭がうるんでくる。今日の戦は全《すべて》を悲惨なものにする。文明が発達すればする程。

食糧少し、馬糧なし。兵站線の確保こそ、まず必要だ。山西南部は兵站線に一ヶ師、外、戦闘師として一ヶ師、是非必要とす（人間は自己が死に近づけば利己的になるものなり）。

五月二十六日

飛行機が来て爆撃する。支那軍の迫撃砲は今日、最早うたなくなった。小銃弾は少々飛んでくる。仕事はないので寝ころんでいた。別に大した事なし。

仕事に対する感情がすっかりなくなってしまった。その理由として、多々あるが、一番不愉快なのは井田君の態度である。彼の中を流るる人生観にたいし、多く反発を感じる。

然し自分としては、これを押し切って大きく進んでゆこうと思う。小さなことに拘泥しないでやるのだ。

英雄であるより凡人である方が今の時代にそくしているのだ。九州に於ける英雄教育ははかない末路をとげるか、又は今後の時代にのって非常なる発展をとげるかである。そこに中途半端な立場はない。

仕事を思うと憂鬱。やりたい方角とは正反対だ

五月二十七日

午前四時頃、迫撃砲の大きな音で目覚めて起きて外に出て見ると、遥かな河の向こうに人声がかすかにしているのを聞く。候馬から一中隊帰って来たのだ。夜を突いて進んで来て上流を渡河し入城してくる。

迫撃砲が五、六発近くに落ちた。小銃弾がプスー、ピューン、シュウと飛んでくる。頭の上を流れる空は明方の紺色だ。下が少し淡くぼけている。中空には黄金色の鎌月が鋭く冴えている。何処もかしこもみな静かだ。この美しい地上に何の為に戦わねばならないのだ。人類の宿命なのか。仕事を思うと憂鬱にな

る。やりたい方角とは正反対だ。

川岸兵団長等最高幹部の責任

五月二十八日

敵の攻撃は下火になった。我々としては、外に何事もなす事なし。

兵糧については兵士達は粟粥を食っている（副食物なし）。こんな状態に落ちてしまった事、その事に対する責任は誰が負うべきか。それは川岸兵団長等[*1]最高幹部の負うべきものだ。責任なき、見通しなき作戦こそ重大なる結果をもたらすものである。今日ここに至って何事も言う処なし。決意として死を思えばそれでいいのだ。

山崎大隊長[*2]入城して来る（二個中隊）。兵団の戦闘力は半減したと言う。同様、山崎隊も一七〇名居たのが今は九十数名と言うみじめさだ。

＊1　川岸文三郎中将（一五期）第二〇師団長。この日記に関係ある北支那方面軍の編成は次の通り。

- 北支那方面軍
  - 第一軍
    - 第二〇師団
      - 第三九旅団
        - 歩兵第七七連隊
        - 歩兵第七八連隊
          - 第一大隊―第一～第四中隊
          - 第二大隊―第五～第八中隊
          - 第三大隊―第九～第一二中隊
      - 第四〇旅団
    - 第一四師団
    - 第一〇八師団
    - 第一〇九師団
  - 第二軍

＊2　山崎来代臣少佐。歩兵第七八連隊第一大隊長。三四期。

日本兵の強盗事件

五月二十九日

西本大尉*の処に行って話を聞く。日本兵の強盗事件について意見を聞き処分をすることにする。然し彼を西本大尉の忠告により改心せしめて許す事を進言する。正直なる人間である兵士は涙を流して改心する。出来心と言うものは恐ろしいものだ。

西本大尉と時局について会談する。新絳方面のかかる状態は恐らく内地の新聞にはのっていない。この兵士の苦労を正直に伝えるべきだと思う。知らぬは亭主ばかりと言う様なあわれな状態に落ち入るのではないかと思う。この戦争は支那との戦争ではなく対露の前哨戦であるので、特にあらゆる方面気付いた点は続々改革すべきだと思う。特に今日の新聞報道は改革し、政治上層部も改革してやって行かねばならない。戦争後、国内に恐慌がまき起るは必定だ。これに対する処置は現在の飾りものの政治指導層では出来ないのだ。

＊　西本哲郎大尉。歩兵七八連隊第七中隊長。四五期。

食糧問題について口論

五月三十日

朝、山崎隊本部に行く。山崎隊長と食糧問題について口論する。彼は軍人特有の単純性で楽観をとき、自分としては最悪の点を考慮し、これに対する処置をするべくたのむ。軍人だけが死を決意しているような事を言うから彼と対立するのだ。自己として言う事なし。軍人として大した人物をうるのは難しいことだ。

西本大尉と会う。革新的意見をはく。又、寺田老中佐にしろ教育に対する革新を叫ぶのだ。青年将校としてこれに対するに革新を以てする。これは当然だ。戦争は国内に於ける革新を呼び起こすのだ（戦争は強力的手段を以てする政治の継続である）。この言葉こそ実に胸にしみこむ言葉だ。

支那軍の攻撃なし。迫撃砲少数城内に落ちる。

日本兵再教育の必要

五月三十一日

候馬の情勢は少しは善くなったらしい。然し、兵站倉庫を敵に破壊され、米（約一万五千俵）、軍服（夏）、酒、慰問袋等全てを持ち去られてしまった。その為、支那軍が日本の軍服を着ているし、夜は日本軍同様の目標をしているし、色んな点で不便がある。現に今度来た山崎隊長も日本軍の飛行機の爆弾で負傷している。

それは支那軍も飛行機がくれば日章旗を出し、日本軍と同じ防空板を出しているので、その注意がその隊に伝える事が出来なかったので、そのような結果を生んだのである。思えば今度の川岸兵団の戦闘は駄目だ。師団の在る曲沃がかこまれるまでこのことを知らなかったふがいなさだ。新聞報道は日本軍のこの不利な状況を堂々と国民に知らせて反省させるべきだ。

新絳籠城も約一六日だ。この状態は国辱とすべき状態だ。一度、占領していたこの平和郷新絳を再び前の状態に帰す事はむつかしいであろう。我々はこの日本軍の態度、又、城内の特務兵等の強姦強盗、これに対して何をもって正義の軍と叫ぶことが出来るのだろうか。我々は日本を愛するために再教育を以て出発しなければならない。日本兵必ずしも強くないのだ。教育の改革、これは是非、行わねばならない問題だ。*

＊　飛行機の飛来で砲撃を止め、しかも候馬の兵站を襲撃して食糧を奪い、日本軍を兵糧攻めにするというのは中国軍の典型的なゲリラ戦法を物語るものであろう。そうした中で日本兵が強盗・強姦などをやって民衆の信頼を失えば、それが長期の持久戦において持つ戦略的ダメージは明らかであった。

六月一日

候馬から前進してくる日本軍の野砲の音が近づいた。約三里の道を何日かかって前進するのやら。我々でさえ、もとは歩いて約四時間で来ていた。そして呑気だったこの候馬間もこうなったのだ。思えば残念だと言いたい状態だ。籠城は我々をきたえる。本当に人間として築かれるのだ。兵士等は粟がゆを塩で食っている。この悲惨な立場に落ち入らせたのは何だ。指揮官としての愚劣さだ。

戦争は人間を考えさせる。それは深刻に考えさせる。理論づけられたものではなくとも、本当の戦争の中心を知る。又、政治、財閥等のことを知る。貧しい国民は何のため、何故、かかる戦争をやるのだ。そしてこの戦争で血を流したものには何を以て報いられるのだ。餓だ。国民として再出発すべきだ。

住民は食糧を背負って逃げまどっている

六月二日

候馬より前進して来た部隊が県境まで来た。野砲をはなつ音と弾が南関、符村付近に落ちる音と入り乱れて聞える。住民は食糧を背負って逃げまどっている。その上に散弾の雨が降る。戦争、戦争、戦争とは何だ。正義、正義、正義とはなんだ。

大地にはいつくばっている農民を追い死にいたらしめる。農民はあらゆる迫害の中に生きのびているのだ。正義とは力だ。今日迄、城内で日本の金は依然として一円が六〇銭か五〇銭、ひどいのになると二、三〇銭しかに通用しないし、又、全然通用しないのだ。すべては力だ。

住民に話するにしても背後の力なき時、何の効力を残すことが出来るであろうか。

支那軍は強くなった。この戦争があと三年おくれていたらと兵士は言う。なぜか。国乱れて英雄出ずか。

考えるのだ。人間として考えなければいけない。最近、心がいらいらしてきた。なぜだろう。

腹がたつ。何かつき破ってしまいたい様だ。

日本の信用は金票の下がったので解る

六月三日

県境迄、前進して来た旅団が今日も相変わらず昨日同様の位置に居る。馬糧は最近は少々豊になって来たとの話しもあるが、やはり駄目だ。城の東方角に縄梯子をかけて麦を刈っているそうだ。砲撃は今日は散弾で南関方面の部落をうっている。旅団は直ぐ入城するという噂ばかりで中々入って来ない。候馬はやはり包囲されている。

山崎隊長は城内をもとの様に盛んにして、店も開かせる様にとの事であるが、それは絶対に出来ない。力のない事がこれをそうさせないのだ。日本の信用は金票の下がったので解る。又、店をしめてしまったのでも解る。今迄あまりによすぎた。城内にも戦争の波紋がひろがって来たのだ。自分としてはこの状態では死を決して進むよりしかたがない。

雨がふっている。夜、九時、県境の丘陵より日本軍の攻撃が始まる。野砲、山砲、あらゆる砲が四方より落ちる。南関の工場はもう駄目だ。一五〇万円の工場も今日を限りでつぶれてしまうのだ。原動力のある処をやられると、それで駄目になってしまう。

六月四日

朝、四時より南関砲撃が再び始まった。約三十分にわたって息つぐ間もない様な烈しさだ。地ひびきをたてて落ちる火が闇の中に光ったと思う間もなく南関工場に落ちる。火をはく家、何をどうすると言う暇はないのだ。落ちる、ひびく。火だ火だ。戦争の圧巻は砲撃と飛行機の爆撃にあるのではないかと思う。昨日、西関方面を一ヶ小隊で攻めて二個分隊約五名戦死、外一個分隊は行方不明になったそうである。

何と言っても戦争だ。それも今日の状態は徹底的な敗戦状態だ。かろうじて城をもっているにしかすぎないのだ。河津の状態はと思う。

今日、旅団が入城してくると言う噂があるが駄目らしい。明日早朝、南関を包囲攻撃して占領するらしい。

南関の敵はあれだけの砲撃をうけても平気でがんばっている。部落から部落へ連絡兵が走っている。

支那軍も敵ながら天晴れだ

六月五日

午前五時を期して行われたる攻撃で紡績工場はとれたらしい。然し南関の中心部には敵が約三十名ほど残って決死の気持でがんばっている。四方から火をかけて家を焼いてこれらの支那兵を焼き殺そうとしているが、家が長い間の雨で中々焼けない。時々小銃をうつし、又、手榴弾を投げる音がボーン・ボーンとひびきわたる。

三林鎮方面には敵が大分集結したらしい。山砲を相当持っている。支那軍も敵ながら天晴れだ。彼等の立場を理解すれば実に涙ぐましくなる。大部分が若い兵士である。理屈はぬきで偉いものだ。火の中で戦う少数の彼等。

夜が近くなると、新関方面から支那軍が南関へ入り始める。これに対して日本軍はなんにも出来ないで城壁からみている。山砲が城壁付近に落ちる。城壁の上で寺田中佐、山崎少佐と会う。

今日、旅団長＊が帰って来る。

班長が約一ヶ月ぶりで約六里の道を帰って来た。

川岸兵団の戦死者は約七千だそうだ。そうすると負傷者はどうしても一万二、三千と見なければならない。兵団の兵数は半減している。戦闘力のない師団でこの状態をおさえようとしても駄目だ。

臨汾─曲沃間は汽車は駄目だし、馬で糧食を運んでいるが、当分こちらへは来ないものと覚悟しなければならない。兵糧が来なければ自給自足だ。城外の麦を刈るより外はない。然し麦を刈ることは四方八方、敵から包囲されている現在駄目だ。小銃弾の音にもなれてしまった。迫撃砲は近くに落ちない。のんびりとしている。

密偵の内、五名帰って来ないのは残念だ。

今度の候馬、曲沃の戦闘で約七百ばかり戦死傷者が出た。戦争は残虐をとおりこしている。夜、戦死者が運ばれて帰ってくるのをみると、なんとも言えない気持ちになる。

班長が持って来た物の中に佐々木兄の本を送ってくれたのがあった。佐々木兄の筆大な字を見つめていると、何だか涙が湧いて来た。あゝ、なつかしい。包んである布はただの布でなく、文字でなく、生きた人間の様に親しく胸に迫ってくる。弟からも校友会誌を送ってくる。友の消息がわかって嬉しい。手紙がつかないのが残念だ。

＊　第三九旅団長関原六少将。

六月六日

密偵も大たい落付いたと思う。然し聞喜街道を聞喜までやってくれと言うことであるが希望者が居ない。人間五名、行方不明になったのを思うと、密偵に出すことが出来なくなった。自分の支配下におけば支那人の青年達も中々可愛いい処がある。国際的な人間愛にうたれるのだ。実際、自分であつかってみれば、なんとも言えない喜びにうたれる。

校友会誌を開いて読めば何と、友人の戦線へ出かけてきていることよ。弟の作文もある。柔道部の記事もある。みんな生き生きとしている。

今日も又、佐々木兄の字を見ていると泣きたい様な感にとらわれてしかたがなかった。女々しいのだろうか。死は恐れていない。又、この支那軍の包囲を怖れていない。然し、感情が鋭敏になっている。今日は又々敵の迫撃砲がよく落ちる。

経済工作班の中で、自分が一番しっかりした態度であることは自信がもてるし、又、人も認めてゐる。ただ、友の文字が胸にせまる。その背後に広がっている世界への、文化へのなつかしさか。追憶の尊さへか。

敵前麦刈

六月七日

今日は又、迫撃砲が落ちる。住民が五人死んで四人負傷した。天気は初めて晴れた。青空の下で伸び伸びとしている。近頃、小銃や迫撃砲の音を聞かないと淋しい。

読みたい本を読んでいたのと状態は変った。真一文字に真剣に飛びこんでゆかねばならない人々が、雑誌に色んな事を書いているのを見て心をうたれることはない。改造も日本評論も、すべての本に書いている人に指導性がなくなっている。真剣に政治の中心をつく人がいないのが淋しい。

住民及兵士の食糧問題解決のため、宣撫班が指揮して住民をつれ城外で敵前麦刈をやることになった。はたして成功するかしないか、これは第二の問題としてやらねばならないのだ。「生きる」。この問題は人間を大胆にするものだ。

自給自足

六月八日

当分は食糧は自給自足するより外に道なし。臨汾も支那軍に包囲されているし、臨汾—曲沃間も確保出来ていない現状だ。吾等としては城内の兵士、二千ばかりの生活力について考えねばならないのだ。

宣撫班としてやることは非常に多い。然し中心を貫いてこれを行ってゆけばよいのだ。

麦飯を食う自分達はよいのだ。兵士達は粟粥を食って耐へているのだ。日本でこのことを知っているものが何人いるだろうか。恐らく知ってはいまい。

城をとりまいている約三万近い支那軍に対し、これを反撃する兵力なし。日本がこの戦争をソビエートとの前哨戦だと考えているならば実に恐るべきことだ。南山西は交戦状態だ。それも敗戦状態みたいな昨今だ。すべからく自重すべしだ。

六月九日

食糧問題解決のため、夜、月夜を利用して麦刈を始めることになった。

迫撃砲、山砲の弾で大分人が負傷したそうだ。幸いに班の近くには落ちないからよい。改造を読む。心を打つ文なし。なぜか人間性を摩滅されたような淋しさを感じ、心の奥底より怒がふきあげてくる。日本と言う国への愛着とともに、なにか

ヤオトン式の住居（霍洲市の農村部）

しら叩きつけたい利己心を味わうのだ。愛国者、その言葉がしらじらとせまる。

夜、日没と同時に出掛けて行く。城壁の東端の穴をくぐって城外へ出る。さっと緊張する。墨絵の様な冷たい景色が広がっている。時おり遠くで砲弾の落ちる音が聞える。支那人を指揮して麦を刈る。

敵兵が来れば生命はない。そう考えて故郷のこと、哈爾浜のことがふっと浮ぶ。

戦いは色んなものを含んでいる。悲み、喜び、芸術、政治等、あらゆるものが一つにまとまって、しみじみと胸に迫る。スリル、最高のスリル感がただよっている。麦は二石ほど一時間で刈ったが敵前なので運搬の方法なし。約一石もって帰る。刈っている途中、前方に人影あらわれ、支那兵の部隊と思って地上に伏せる。

六月十日

雨が降る。啄木の歌がふと頭をかすめる。「生きる」。これはむつかしいことだ。班長とも話したことだが、この状態では宣撫班は生きて帰ることを予想することは困難だ。土肥原兵団[*1]も苦戦中、二〇兵団[*2]はそれ以上だ。

食糧問題は宣撫班の背に重く石のようにのしかかっている。敵前の自給自足。この前は支那人が麦刈りで二人殺された。真っ先にたって指揮する我々は死を覚悟するより外になし。

班長の人間としての善さにしみじみうたれる。詩人はただの感情に敏感な、正直だ。この正直が班長をして国家の改造問題に頭をむけさせるのだ。

「生きる」。こんどこそ歩むのだ。大地独歩。独歩。踏みしめる大地は広々とした社会だ。力強くおしきって自己の進路を開拓するのだ。鉄の意志、鉄の意志。砲弾の下で、俺は人間として鍛えられたようだ。

＊1　第一四師団。師団長土肥原賢二中将。一六期。
＊2　第二〇師団。師団長川岸文三郎中将。

六月十一日

県公署員として自給自足することになったので、麦刈を始める。站裡補に行ってこれを行う。敵前なので夜とは言え不気味だ。小銃がぶつーと言って通る。又、静寂に帰る。静寂は人々に不平を与えることをつくづく知る。敵の包囲はこれを撃破することが出来ないままで、依然として同じだ。南関はまだ落ちない。

色んな敵が実にしっかりしている。支那軍隊も日本内地で考えている程、馬鹿ではない。日本人の支那に対する感情をあらためねばならない。

指導者としての自負

六月十二日

山砲が近くに落ちる。生命を我々は如何に大切にすべきかと思っていた。今迄は自分としては死んでもいい、人があまり恐しがるので穴には行かなかったが、日本人としての誇を少しは支那人の前に見せる必要があるのではないかと思う。

然し、考えると、このために犬死しても自己の理想は実現されないのだ。東洋の理想、世界の理想、これこそ自己の理想なのだ。人類の指導者として起ちあがろうとする自己を、自分でもっと大切にしなければいけない。

色んな問題でへこたれるな。伸びろ、伸びろ、大きく伸びろ。

弟宛に手紙を書く。佐々木氏宛。米倉兄。

日本に対するこの感情は、我々は、大陸の改革にとりかかったが、それ以上に日本の改革に手をそめねばならないのではないかと思う。夜、この問題を考えるとねむれない。誰のために誰が戦っているのだ。

六月十三日

新聞記者にたのむ手紙を書く。米倉兄への手紙は無事ついてくれるとよいと思う。

西本大尉のところへ遊びに行く。例の言葉を聞いていると軍人としての純情さをかう。

然しある点、自分としては軍人は一般に政治にたいする指導権を現代に於て握っているので、自分が偉くなれば、この改革論を実現出来ると思っている。その潜在意識が彼等を口で強論をはく一面、実行ではまああとて偉くなってからでいいさと言うずるさがある。これが一般軍人をだらくさせる第一原因である。軍人は今後、今のままでは政治の指導権を握る資格なしである。

今日は河を渡って敵前上陸をやる。そして麦刈をやる。弾が飛んでくるので警士達が恐れをなして飛んで逃げる。そのためたいした収穫なし。然し自分としては非常に磨く上に於てためになった。警備兵なしの自分達だけだ。たよるもののない身だ。最近は非常に自己を信じる事が出来る。自己が強くなったと思う。本当に強くなるのだ。この死の弾丸の下であらゆるものに対して決してまけない、迫害にまけない胆力をねるのだ。

だれにこの大きな気持をもって対して行けばいいのだ。自分で腐っているので人に対してぶちあたってゆくつまらなさをもっている。『人の小さな功名をうらやむな。お前は人類の解放のために戦う責任者なのだ。世界第一の人間なのだ。自己をてらうな』。

六月十四日

夜、敵前へ麦刈に行った。河を渡ってゆくのだ。静かな暗の中で、時々くる小銃弾の音をきんちょうして聞きながら麦刈る、その気持は人間を磨きあげるのだ。乱暴をするのではない。住民の食糧問題の解決のためには生命をも投げ出さねばならないのだ。遠くで火が出る。それがシュウシュウと言う音を立てて飛んでくる。近くで爆発する。「生きる」と言うことの根強さ。私達は時代を貫ぬいて生きてゆけるのだ。

密偵のやり方も大分なれた。新絳県内の重要都市の名称も自由に出る様になった。

食糧の欠乏。何んと言っていいか解らない苦しさだ。砂糖がなめたい。食欲の意外に精神を支配する力の大きいのには驚く。班長と口をきいていたら、心から出る革新論が自己の不平不満でない、宣撫という思想戦に対する本部を初め、日本人としての熱意のなさに対するものが爆発した。百のつまらない仕事をするよりも人間を作ることだ。自己の完成が人類に必要なる如く、支那人の完成は支那人内の指導者の完成にあるのだ。小でも大でも理としてはそうなのだ。人間だ。人間だ。我々として外に行なう処なしだ。

六月十五日

南関では毎日二人三人死ぬそうだ。飛行機が来て爆弾を落しても駄目だ。支那人に意外の根強さがあるのには日本兵も驚いている。彼等の中に憂国の精神がぶつぶつと燃へているだろう。南関に日本軍が入って一五日ぐらいになるのに、まだ半分は支那軍がいる。飛行機も駄目なものだ。支那軍が夜襲してきて突撃するそうだ。

支那軍が強くなった。その根本を善く考える事だ。彼等にも民族自主の気持が強くなった。これには血を流して努力した先覚者の尊い犠牲の結果だ。ねむれる獅子支那も目覚めて来た。やがてのこるものは政治的に起ち上る民衆の突撃だ。日本軍は今迄より今度の戦争に於いてあまり進歩していないのではないか。満州事変以後の緊張がたりなかったのだ。

麦刈に行く。河を渡る気持は何とも言えない。静かに進んでゆく。

商務会問題

六月十六日

班長と朝食後、商務会の問題について話合う。商会に於て物質をかくしていたり、日本票二円を山西票一円と交換したりして不正をはたらいているらしい。これの処置について、処罪してしまうことにする様に言う。煙草小箱一箱が一円であったり、ロウソク五本で六〇銭ぐらいしたり、石油が一カン一八円であったりする。

この問題の解決は非常に難かしい。

経済的なことを支配しようとて、一宣撫班の力ではどうすることも出来ない。供給が少なくて需要が多ければ商品の価値が上るのは当然だ。それと共に敗戦状態の今日、力のない政治はこれを行う事が出来ないのが当然である。「力は正義なり」。この言葉の強さをしみじみ味わう。

夜、麦刈に行く。南門まで行くと山砲の弾が一発二発と七発ばかり落ちて、軍隊の苦力一名死す。それで城壁づたいに行って東端の梯子を下る。一人、二人と間をおいて下すのである。闇が迫って来て、あたりは静かだ。河の流は白く光る。月が冴えて秋を思わせる愁をふくんでいる。空は層雲層のあわ白くつづいているのも戦場を一層不気味にする。

警察隊*の連中の態度悪し。ガヤガヤと言う。中には支那特有の悪口、マウカピーと叫ぶのもいる。これを叱りつけ急がせて河端に集め、河を渡りはじめる。河は今迄の沈黙を破って、ゆるやかな音をたてて我等の通るのをみおくっている。小銃弾が工兵隊の架橋をねらってうつのがはづれて近くの水中におちる。ズブッズブッ。急いで河を渡ると、一昨日まで生きていた馬が死んでしまって腐ったへんな臭を発していた。河にうまりこんでついに生きる事の出来なかった馬は兵士以上の苦しみを味ったであろう。

対岸に渡って人員を点呼して、前進しはじめると前方の南関の真上で火が光ったと思うと、砲弾特有のシュシュシュシュシューと言う音を立てて前方にドーンと落ちた。皆「伏せ」をしている。沈黙が続く。残るものは、次の弾の方向だ―死を待つ心―

やがて又光る。爆裂する、と思うと側面の山腹より光ったと思ふとシュシュウシュシュウと飛んで来てはれつする。三方から飛んでくるのだ。不気味を通り越して何も言えない沈黙の時が流れる。

やんで三人で野菜をとりに行こうとして歩き始めると、こん度は対岸から小銃弾が飛んで来てすぐ横の土にブツリとささる。五発ばかりからせめられる。

多分、友軍のうつ弾だ。敵と間違えたのらしい。後退する。伏せをして麦刈る処に行けば、麦はなし。危険だから引きあげて帰って来る。城門下において、麦をとって帰らなかったのはしゃくだから麦をとる様に、百姓に一つかみでもよいからとらせたいと、站理補の前面に行って刈る。少しかって帰り始めると正面から支那兵が直射して来始めた。頭上をピュ・ピュと通る。土にあたる。走りかかったがつれている警士、百姓を思えば自由に出来ない。最後までまって皆引上げるのを待つ。梯子を上るのは危険だから南門へまわることになった。急いで南門へ走る——

つかれた身体をひきいて班へ帰る。この食糧困難な時、班長と中村君と三人でうまい物を次ぎ次ぎに話して嬉しがる。食欲のみ。あゝ腹一杯砂糖がなめたい。パイ缶が食たい。握りずしが食いたい。あゝ——飯は二食だ。それも腹一杯食えない。汗はまづい。兵士は粟だ。——誰がこれにしたのだ。

＊　身元確実な地元中国人を以て組織した警察組織。

六月十七日

朝より仕事なし。正しく物事のけじめのないのが実に心に悪るい影響を与へる。進もうとしても進めない心を抱いている。

夕方、麦刈りに行って帰りに真正面から自動小銃の連発を食ったのに恐れ入った。橋の僅かな高さの下で、伏をして待っている。生命あっての物種だ！　と言う兵士の声あり。又、腹がへるぞと高笑いする。そ撃されるのにはまいる。——ちょっと橋の上に伏をしていた人が立ったと思ふ間もなくその人を目掛けてうってくるのだ。生きているのを喜ぶ。沈黙の時こそ本当にこわい。走って無我夢中に時機をねらって走る——。

第二次世界大戦の逼迫

六月十八日

国内に於て宇垣が外務大臣、荒木が文部大臣、池田成彬の大蔵大臣になった事を聞く。華族首相をいつまでも有難がっていただいている様では、現在の日本は駄目だ。もっと野人であり真の理論家であり、政治家である人を以てこの時局を切りぬけてゆかねばならないのだ。近衛に何程の経綸があり、何程の才能ありや。我々は苦難の中から闘争の中から起ち上がった人物をもってこの時代にあたってゆかねばならない。(日本に於けるファシズム運動が盛んにならない。国家社会主義の進展しないのはそこにある) だがファシズムは今こそもっとも日本の国情にあった方法によって強化されつつある。国家総動員法案にしろ然りだ。日本はこの戦争により強化された反動的政権により支配されてゆくのだ。国内は窮乏にたどる一方だし、戦争後に於ける経済恐慌こそ国内に於ける政治闘争を盛んにする。その時、今の聡明をうたわれる近衛では何程の仕事も出来ない。然し彼は今や日本の資本家、軍部の支持一致する偶像的存在である。この支持こそもっとも恐るべき反動、ファシズムなのだ。ドイツとイタリと手を握って世界にその方向を明らかにした日本の将来は、当然、来たるべき戦を戦わねばならないであろう。

戦争とは特定の資本家階級を増々大きくなせるのみだ。戦争に於て血を流すのは誰だ。一般人民だ。然し、その血によってあがなわれた富は何処へ行くのだ？　出征軍人に与えられる死はこれに僅か五〇〇〇円を持って払はれるのだ。五〇〇〇円で其の背後の家族はどうして生きてゆくのだ。傷痍軍人の末路は日露戦争に於いてもその処置は何等施される処がなかったのだ。この数こそ膨大なるものだ。政府はどうしようとするのだ。社会問題となるのは政治闘争への進展だ。そしてこれの解決は戦争へ、戦争は戦争を生むのだ。日本人民にしろ、支那人民にしろ、皆、苦しんでいる。この現状をはっきりみせつけられる。日本軍人それ自体にしろヤケクソになっているものがある。何かこの不平をもらしている。新絳付近にしろ今血を流して戦っているのに、巨大な資本は富を求めて流れ込んでくるのだ。この下に支配される日本人は勿論、支那人はもっとひどく踏みつけられるのだ。明るい夜明はいつくる。

戦争は戦争を生む。闘争は闘争を生む——。

平和は何処へ。世界は二つの分野にわかれ、こくこくとして第二の世界戦争の危機がせまってくる。

宣撫班の意味なし

六月十九日

混成旅団*が臨汾迄着いたと聞く。

朝は百姓、住民の麦刈りの証明書を書く。約五十名にして一班を五名、警士一名を率いて行かしめる。今迄、これら住民、警察隊をつれて現地まで行っていたのだが、危険多くしてとても行けない状態にあるし、支那兵は住民を射たないのをねらって、住民のみを現地に迎る方法をとる。

警察隊の食糧問題解決は、各自刈って家族のある者は家にて食うし、家族のない者は警察局に持ち帰って食うことにする。

情報を持って旅団と警備隊に行く。

丘陵地帯（臨汾市）

西本大尉と会って話す。板垣征四郎の大臣の評判を聞く。大して評判良くなし。宇垣直系の彼等に対しては青年将校の態度反対のよし。又、宇垣の外務同様、軍人は大事を成す時、これに加えるということは出来ない。

旅団から持って帰った書類を見ると、宣撫班に対する指導方法の転向をみる。政治的、経済的色彩をなくし、軍の情報網確立、及び、警察隊、及び自衛団等について力をそそぐ事となっている。治安方面のみの指導権を強調している。これでは宣撫班としての仕事は出来ない。軍の我等に対する態度の如何にふらふらしているかを知る。この様なことで、思想的戦争の第一線として派遣されてきた宣撫班の意味なしだ。

＊　独立混成第四旅団（長、河村董少将。一八期）。

警察隊の人物試験

六月二十日

昼過ぎに主として警察隊の人物試験をする。三五、六人、一人で調べるのは実に頭が痛くなる。新民会*について知っている者なしだ。孔子について知らぬ者五名、論語の著者を知らぬ者一〇名、何のため警察隊に入ったかと言うと生活のためだと言う。警察隊の主要任務はと言えば、治安維持のためと皆言う。又、誰のために治安維持をするかと言ったら住民のためと言った者五、六名、日本軍隊のためと言った者一九名、宣撫班のため三名、これら頭の程度を調べると非常に低い。中国の新政府は何処にあるかと聞いて、北平にあると言った者一二名ばかりだ。これ等の中から一一名、選定して、夜第二試験をやる。敵中の中に、生命の危険はこちらとして請け合われないが、一つ、密偵として河津、聞喜、汾城、曲沃方面へすぐ今から行ってくれと頼む。この中に、これに行くと一度で答えた者二名、外は二度話して行くことを諾す者三名、これを選定して宣撫班に起居を共にすることになった。終わったのは午前二時だ。

敵の総攻撃の日だけに砲弾の音が盛んだ。双方とも物凄く撃ち合う。火をふく砲の威力にうたれる。麦刈りは行かなくても、都合良く運べる様になった。

＊　中華民国新民会。一九三七（昭和十二）十二月、華北の日本軍占領地域に日本軍が樹立した中華民国臨時政府を支える組織として結成された。

六月二十一日

朝から百姓の麦刈りに対する証明書を発行する。

昼は新民塾の開設に対する室の設備をなす。新民塾として名を称し、新民会大綱ははったものの、新民会精神に合致する人間なし。

今日も迫撃砲、山砲弾が落ちる。敵の数は実に多い。新絳を囲んでいる師だけでも五、六ヶ師ある。中央軍が一番強いとの話しで、その次が八路軍だそうだ。朱徳は何処で指揮しているだろうか。最近は徐州に日本軍の大兵が行った関係で、到るところ南山西省は支那軍の勝利状態らしい。

人間として大胆に行動すべしだ。決して死することなし。籠城記念の写真を撮る。

二日前、会って話した兵士、南関にて戦死したとの事、あんなに疲れて、自分ではいつでも早く弾にあたって死んだ方がいい、戦争がこわくなったとそういっていた人間だけに心にしみてくるものがある。

密偵を聞喜方面に派遣

六月二十二日

密偵を主として聞喜方面に派遣す。主なる情報は敵の司令部が宋温荘にあるということだ。少なくとも聞喜街道には五〇〇の敵あり。

班長が「色んな方針に対する不平や不満はあるだろうが、一つ、力をつくして働いてくれ」とたのむ。男子意気に感ずか、不平を捨てて田中班長のいる間は一生懸命働いてゆきたいと思う。

然し、永く戦場にいると人間が駄目になってくるのは確かだ。ここには人間を馬鹿にする、正義心とか人道心とかを踏みにじるものが全てだ。生命はすべて簡単な道具にしかすぎないのだ。戦場にはロオマンチックなし。唯、空の星を見つめて空の美をたたえるのみ。

石田三成を想うことしばし。彼の英傑である。彼の運命を引きずろうとした個性を慕う。英雄は無神論者だ――。

日本兵の強盗、強姦、殺人

六月二十三日

手に湿疹《あせも》が出来てヨウドチンキを三度ぬると非常な痛さで働けなくなる。両腕とも駄目だ。じっと寝ている。人生という言葉の強さを想う。我々は生きる。それ以外に何も欲してないのか？　食欲、知識欲、性欲をもって野獣の様に戦場をかけめぐってゆく。正義、そんな気持ちを抱いていては戦は出来ないのだ。

醜い――日本兵で強盗する、強姦する、屍を辱める、殺人する、いろんな事が巻き起こってくるのだ。軍人は支那人を信用し得ない。これは悲劇を生む。警士が密偵嫌疑でつかまったのを我々で拘留するようになったが、これに対して治安局長の面子を立てない。支那人を頭から馬鹿にしている――こんなことが原因でこのような状態になったのだ。

川岸兵団は感状をもらったそうだ。「徐州方面の作戦に協力し、寡兵をもってよく数十倍の敵にあたる」

と。一将功なり万卒枯るだ。川岸兵団の死傷者の多いこと驚くべしだ。今までの一年の死傷者の倍以上の死傷者がこの戦闘で出たというのだ。南関は毎日、とったりとられたり、結局一歩も進めない状態にある。

南関に日本兵が入って約二十日以上の今日、飛行機の爆撃をやってもこの状態だ。化学兵器は必要だ。然し、歩兵はもっと必要だ――。

歩兵は現在の状態では完全な消耗品だ。南関では毎日、死傷者共、約五、六名が出る。麦刈りに行けば麦一把と引き替えに一人二人の犠牲が出る哀れな状態だ――。

食料品を受けるため、腹一杯食えないで約二ヶ月、兵士達もみんな、粟を食ったりしてこの新絳で戦っているとは、誰が想像しようか？

六月二十四日

近いうち、旅団は動くようだ。我々の行動はこれについて前進して行くのかも知れない。今の兵力では西安へ進軍することはちょっと無理と思う。

内地の情勢では宇垣あたりが何か強硬意見を吐いているようだが、此の地の状態を見ればそれが如何に困難かということが解るのではないかと思う。「一将功なり万卒骨枯る」とでも言うか、実にもの哀れな状態になるのだ。今日、負傷兵二〇〇名ばかりが候馬へ立つ。内地へ後送らしい。橋の上で弾をあびせられるので夜、出発した。

橋の上で二名戦死したと聞く。

西本大尉、明日、北京へ帰るとの事。青年将校への一つの希望、今はなし。

宣撫理論の欠乏

六月二十五日

大した仕事もなし。気持ちの悪い日が続く。腕は痛いし何物も愛する余裕などないのだ。誰に対しても迫ってゆこうとする。生きてゆくのが苦しくなる。密偵問題についても疑問がある。

宣撫班自体の動き。これには絶対、自己の信念とは相容れない。宣撫班そのものは、思想戦に於ける日本軍の代表者なのか。それとも一時的、軍の尻ぬぐいをして廻る高級小使いなのか。これに対する日本軍部の、日本政治家の意見の小ささが目についてくる。確立した意見なし。ゆきあたりばったりの戦争をやっているのだ。そして宣撫班の仕事を理論づける主義の欠乏が目立つ。正義ということも、王道楽土という言葉も、支那を引きつけ征服する彼等の上に立つ理論としては陳腐なものだ。

支那民衆は生きているのだ。新民会の指導精神、その理論は一時過ぎ去った昔の思想だ。孔孟の道、こんなものに日本がこだわって、現在の支那を見つめ、それに合致し、この水準を引き上ぐる理論を作成しない以上、日本は失敗するだろう。

日本人は支那を征服し得ない

六月二十六日

包囲状態は昔と何等変りなし。山砲の弾の炸裂する音を聞き、人間の習慣は恐ろしいもので少々近くに落ちても何とも感じなくなった。小銃の弾音に微妙な音楽のあることを知る。弾の音が頭の上を通って青空を流れるのは、非常に気持ちのよい音をたてて出るのだ。

旅団長の密偵嫌疑（治安局）のあれも大体に於いて旅団長の誤解であると知る。軍人は永久に支那人を信じ得ない。ここに日本と支那の相克した運命を見る。軍人の理解、信じ得ない支那は、即ち、日本が永久に支那を信じ得ないという結論を生むのだ。

この支那に於いて、一番強く知り得たことは、日本人は支那を征服し得ないということだ。満州に於いて政治方針を誤ったから、支那に於いてはこれを改革して日本人が表面に出ないで支那人を陰から指導すると言っているが、これは絶対に不可だと思う。

征服し、最も支配しやすい状態に支那をおこうとするならば、彼等を武力で絶対的におさえるより外に方法なしと思う。なぜならば、彼等支那人を指導する精神（理論体系）なく、いたずらに孔孟というその指導理論を捨ててしまった現代支那の複雑性を日本の指導階級が知ろうとしないことに端を発している。マルクス主義に対して日本資本主義の進展を理論づけるならば、まがりなりにもドイツ、イタリーみたいにその理論を生まなければならない。

現在に於いて、日本内部の指導理論の貧困を各々の人々が求めようとしてあせっている。これは現在では生み出しえてないのだ。それ故に、支那を理論にておさえること、絶対に不可なのだ。では残るものは武力だ。これは非常なる危険性をともなう。この武力に於ける征服は、一歩をあやまれば日本を倒すものである。支那に対する武力。これを養う経済力の問題だ。世界経済の一環の日本として、何を以て孤立出来よう。然らばその自給自足をなしうるか。日本は正に非常時。崖の上にたって、なお一歩一歩進んでいる状態だ。

六月二十七日

腕が痛むので眠れないのだ。何でもヨウドチンキをつけて直そうとしていた自分の愚かさを知る。適所適材、そんな言葉を思いながら床に寝ころんでいる。薬でさえこの状態だ。まして人間の適所適材に於いては、一歩誤れば恐るべきものがある――。

政治は戦争より大きい動きだ。これなくして戦いは生まれてこない。日本はあまりにも政治を軽視している。戦争をやって勝つ。それは確かに必要だ。だがそれ以上に政治的な闘争に於いて勝つのは重要だ。

ドイツ（ナチス）のオーストリア合併は日本の軍事行動と思い較べる時、戦争と政治の大きさ、重大さを我々に知らしめるのだ。日本が今、この支那についやしている莫大な資本、これに対してはたして自由に報いられる時代が来るだろうか。支那は一致した、あらゆる点で一致して物事にあたったことのない支那が、この戦争に対して一致した。その政治力の微妙さを思う。

何か将来に対してあぶないという気を持つ。政治闘争へ、――

軍人を政治から排除するか、軍人に徹底的な政治教育をするか、二つに一つだ

六月二十八日

今日は実に嬉しい日だ。午前二時、北京に行っていた島村君が帰ってきた。佐々木兄から、家から、手紙が来ている。又、本が来ている。嬉しくてたまらない。急いで慰問袋の封を切る。菓子が流れ出る。あゝ、家の者に対しては勿論、佐々木兄の取り計らいに対して満腔の感謝をする。手紙を読むと佐々木兄の言葉の中に、戦地にいる者と境遇は違うが、結局、考えている人間は、同じ事を考えるのだということを知る。一種、相通じた感情が流れているのだ。兄の健在を喜ぶ。

満兄からの手紙で家の事を知る。父は喜んでいるし、又、祖母も喜んでいるそうだ。これで安心した。初めての便りに徹夜してこれを読む。なつかしい感情は胸に抱いていても、大してなつかしさによる帰りたいという感じは起こらないが、然し、軍の我々に対する扱い方、又は、宣撫班本部のふがいなさに対しては、この仕事を続ける意思を失う。

軍人に政治を理解しろと云う方が無理かもしれないが、日本軍人は現在では政治を知るものではない。知らないくせに口を出すから変な状態になるのだ。彼等は軍事行動の重要さを過大評価し過ぎている。恐らく日本軍人に政治をとやかくするものが出たならば、これは誤りである。それか、外に、軍人に徹底的な政治教育をするか、二つに一つだ。

改造、中公、日評、文春の六月号の表紙を見るとなつかしい。私はこれにより新しい息吹を吹き込まれ

た様だ。新聞も六月十二日迄の奴が来るし、世界状態も解ったし、島流しが船を見た歓喜に似ているだろう。米倉氏の健在を知る。会って見たい人間だ。然し、会えば失望するかも知れない。

百瀬の成長を喜ぶ。

後藤はどうしているか、これも解る。妹は松尾さんの処へ行ったかしら、甘いホロニガイ思いが残っている。初めて人間として、真正面から人生を見つめ、政治を見つめる自分になったらしい。

佐々木兄の文の達者なのには驚く。私なんかよりずっとずっと作家的だ。俺には野人的な風貌と共にある粗雑さがある。しかし佐々木兄にはそれがない。彼は人間として一通り洗練されている。

密偵派遣問題について異論あり

六月二十九日
密偵派遣問題について異論あり。今後相当の問題あるものと思う。班長は非常によく自分を理解してくれるので良い。然し、班長はロオマンチストなのであおればそれに火のように燃えてくる人である。何となく人を引きつける良さを持っている。
旅団が曲沃に出発するので、旅団に班長は呼ばれて旅団長から相当叱りつけられたらしい。軍人の小さな思想でこの政治的な指導理論についてとやかく言われるのは望ましくない。たとえ班そのものが旅団の直轄にあるとは言え、軍人一流の作戦に協同して容易ならしめる、それのみが我々の仕事であってはならない。民衆をつかむ以外に宣撫の方法なし。今からやれと言われることは表面的なことばかりだ。彼等に百年の大計を求めるのは無理だ。政府にも今なおこの事変の確立した指導方針のない今日、一旅団長にこれを有せよと言うのは馬鹿の極まれるものだ。人を頼んでは駄目だ――

理論は自己で作るか、又は、人の優れた理論を我が物としなければならない。知識の世界に於いては、絶対に独立独歩が必要なのだ。優れたる理論なき処に優れた闘争は開始されない。これは事実だ。この地に来て、日本の政策の無軌道なるを知る。

このような状態では我々は仕事は出来ない。誰でもそう感じている。班長、村上さん、次々にこれに反応を示して、強く今日の状態の改革を望んでいる人々を想う。

宣撫班をこの状態に於いて、軍の下にある以上、良い仕事は絶対に出来ない。要するに一番大切なことは、宣撫班の拡大、独立にあり、この重大なる仕事を（一満鉄の社員）八木沼*にやらせる人間がどうかしているのだ。人材の欠乏が目立つ。

井田君、連絡に行くので、長谷川、米倉、家、佐々木兄へ手紙を頼む。不平のあるはもとより、班長は帰る様に運動しろと言う。（佐々木兄宛二〇〇円送る。万年筆を頼む）

＊　八木沼丈夫（一八九五～一九四四）。福島県東白川郡出身。磐城中学中退。志願兵として仙台の連隊に入隊。陸軍少佐。満鉄入社。満州事変後、宣撫班を立ち上げる。詩人で日中戦争中、軍国歌謡「討匪行」の作詞家として知られる

トウモロコシ畑

警察隊の訓練

六月三十日

青空の下で警察隊の訓練をなす。班長を意気軒昂ならしめるため、班長とよく話す。

生きているが嬉しい様な日だ。のびのびとして笑っている。外にたいした仕事なし。

改造、中央公の扉を開けば何となしに物淋しい。指導理論の欠乏が目立つ。進歩性のない、面白くない頁が続いている。

六月も終わったのだ——約四ヶ月間に何を学び、何を得たか、少ない。然し重大なものを残したと信じている。日本は行きづまる。危機は近づいた。これは誤りのない事実だ。

教育の貧困、その文字を並べてみる。はたしてどう改革すべきか。然し、それを決定するものは政治的改革より外にはありえない。

七月一日

山砲の音高くこだまする、この南山西の暑さをしみじみ味う。精神的にも肉体的にも、何か頭の上を重くおさえつけられた様な気苦しさだ。はねきろうとする精神的支柱はこの班に於いては自分だ。班長はたしかに自分をたよって仕事をしている。自分の重大なる使命を思う。

新絳城外皆敵と言っていい現在、何をか言わんである。食糧の欠乏はひしひしとせまる。草食って生きているのだ。

真夏の太陽。この輝しい烈しい意思。鉄の様に強くあれと誓う。

小銃のたえまない音、自動小銃の急しい鳴り方、皆、頭をつらぬくスリルは失われた。山砲の音も遠雷の如く、自然の悠大さを裏書きするにしかすぎない。

本部宛意見書

七月二日

太原特務機関宛の衛生一覧表を作成して送る。一日中、何か気のたった、いらいらした日を送る。この地に今少し居たいという気と、駄目だ早く帰るのだという気と交錯している。然し、佐々木兄の運動はわりに長くかかるものと見なければならない。今年冬までには何とか片付くだろう。

横幕宣伝の方針、標語を作る。

今日、太った一羽残していた鶏を食うことにして徹夜してこれを食う。美味しい。今生の内の一番最大の料理かもしれない。

班長に意見書を本部にたたきつけるように言う。この書に自分の全部の考えを吐いて堂々と前進しようと思う。今、我々には批判の自由はない。日本全土もこれだ。国家総動員、これは非常に悪い結果を生むだろう。批判の精神のなき処に最高の自由はないのだ。最大の国家はないのだ。

新民報発行

七月三日

横幕宣伝法について研究す。新民報を発行すべく原稿の整理をする。昨日迄の仕事の精算は大した事なし。

昼過ぎ飛行機が来て低空を飛ぶ。ほとんど家とすれすれを約二百ぐらいの高さで飛ぶのだ。小銃の射撃をうけて、なお平然として城の上を廻っている。その勇気に対してある感情が湧いた。

悠々たるその態度、見つめていると、何か解らない、どうして流したのだろう、一滴の涙をこぼす。嬉しいのか、それ以上にゆうゆうたる余裕にたいして、近代科学の粋に対して何か告げたい気で一杯だ。

戦争は残酷だ。然しそれ以上に残酷なものは人間の心理だ。人間は生きてゆかねばならない。この生きてゆくための努力は、ますます人間をどん底へ落としてゆく。笑って見過ごせるものではないのだ。闘争のみがこれを解決するだろう。

支那は起ち上がろうとして苦しんでいる

七月四日

警察隊の訓練をすませて、帰ってくると眠くて仕方がないので飯を食うとすぐ寝る。午後起きて仕事にかかる。

支那事変の一周年を七月七日に迎えるのだ。この事変の回想は私達に何を与えるか。少なくとも日本はこのままどうこの支那を料理するかと真剣に考えねばならないのではないか。日本内地に於ける支那を知る、この熱の少ないことはこの事変をやりながら驚異に値する。誰もが皆、これに対して真剣に考えていないのだ。支那は征服すべからざる国だ。この地に来て、それを痛感する――

支那は起ち上がろうとしている。苦しんでいるのだ。支那は日本より以上にもっと烈しく苦しんでいる。支那には統一がある。それは誤った方法にしろ。然し、日本に於ける如き近代帝国主義的に残酷な力を持った統一の仕方ではない。これは絶対に支那を今日、日本の下に居く唯一の原因だ。

抗日に統一された中国

七月五日

明後日が事変一周年記念なので、これに対する計画をなす。新民会を発会して、この青年部を通じて政治の指導を計る。それが唯一の方法だと思う。

要するに青年をつかむ――これが問題なのだ。

政治とはこれは武力の荒々しい無統制の時代によくその真価を現す。政治、経済、軍事、あらゆるものを統一して進む真の政治的指導精神なし。

新民会の精神という中央指導部の委員の書いた本を読んでもこれで一国の政治を指導してゆこうとするのは難しいと知る。先ず、新民主義の名前だけつけて、これに形にはまるように孔子の『大学』の中から抜き出しただけの話だ。神がかり的な、現代の支那に対し何らの理解なく、古へ帰る　への運動にしか過ぎないのだ。この主義に理論として惹きずられる青年は恐らくいないだろう。これを支那に適した理論になすまでは相当の時日を要するだろう。

消極的な、攻撃して進歩してゆく精神なき新民主義、民衆の生活に食い入るところなき新民主義、これは当然滅びるだろう。我々はこの主義の如何に無力なるかを知る。この新民主義の名の下に大旗を立てて進むには如何にすべきか。

指導理論の貧困、これは現代日本の悩みであると共に現代支那（新中華民国）の悩みである。一心同体のこの二つの国は、指導理論の欠乏のために生死を共にするだろう。新植民地政策である、この建国独立政府の建設は恐らく理論の欠乏により窒息するであろう。

思想には思想を以て戦う。然し、現代孔孟の道が、はたしてマルクス主義に対して理論闘争を勝ち得るだろうか。孔孟の道が今に以て勝利を得るならば現代支那はとうに救われていたであろう。だが、現代に於ける支那は救われてはいないのだ。思想を、武力で、金力で押さえうる内はよいとして、これの重石であるそれを叩き割って思想が持ち上がってくるだろう。この時、理論なき闘争は敗運が強い。

現代中国は抗日という一色に統一され理論づけられている。これは実に力強いものだ。あの貧弱な中国の軍備を以て今日まで頑張ったのは、統一された思想を有しているからである。

指導理論の確立、これは重大、急務だ。

新民会の発会

七月六日

朝、密偵を出す。各方面に於ける敵の状態について調べる。

明日の一周年記念に対する標語の横幕を作り、これを街中に張ることにする。又、この機会に新民会を発会して、是非、強力に民衆を引きずってゆこうと思う。軍の方針では、宣撫班は政治に深入りしないことという指令を出しているが、今の状態で政治指導を宣撫班の手で行わずに誰の手で行えるものか。単に宣撫班を軍の宣撫班として扱おうとしている態度に誤りがあるのだ。名称は何でもよい。又、特務機関の政治工作隊であってもならない。大きな思想的政治的機関でなければ、この大きな仕事は出来るものではないのだ。政治なくして巨大な軍事行動は行れないのだ。無理に軍事行動を唯我独尊的な立場に持ち上げてゆこうとする日本に於ける中央部の誤りがあるのだ――この時に於いて我々は日本中央部の改造を叫び実行しなければならないのだ。新しい時代に適合した政治形態の確立こそ急務なのだ。

夕方六時、宣撫班付近の山砲陣地をねらった砲弾が約十発近く宣撫班を中心として左右に落ちる。横の洞に避難する。物凄い音をたてて炸裂する。グアングアンと土煙があがる。

明日の一周年記念の予定を変更すべく小林部隊長*より告知あり。

新民塾生を集めて一寸した会談を行う。

* 歩兵第七八連隊長小林恒一大佐。陸士二二期。

日支の戦端を切った日に、何とか籠城生活に目鼻

七月七日

盧溝橋に於ける日支の戦端を切った日だ――

大きく歴史的廻転を始めて世界の注目を集めた日だ――

良きにしろ、悪しきにしろ、歴史は築かれてゆく。大きな歯車の廻転に似たこの動き、これは世界に於ける戦争を勃発させる積極性を有しているのだ。世界の半植民地である支那を一帝国によって独占する。問題はここに端をきる。資本主義国家として最高の発達をなし、国内に於ける資源の貧弱はこれを新たなる植民地に求めて、(他国の権益を一国に於いて獲得しなければ成立してゆけないのだ)発展してゆかざるをえない。(日本はこの過程に於いて経済的にあまりにも英米資本に依存しすぎているのだ)――日本がこの戦争に於いて自己の防備上、ソ連に対してこの支那を共産主義の温床をなくし、これによる防共の、対ソ戦の安全を計ろうとしている。これに対しては、英米、あらゆる資本主義国家は喜んで支持するであろうが、支那(半植民地であるこの国)が、一日本によって独占されるを望まないのだ。ここに国際

間の微妙な動きがある。痛しかゆしの感で傍観している内に、日本はこの地にがっちりとした地盤を作り上げてしまうであろう。

そしていつの間にか、長期戦をやっていれば、対ソの戦争は火蓋を切らざるを得なくなるだろう。これは日本の宿命的とでもいうべき運命である。長い国境によってソ連と対して刻々と近づくこの日を待っているのだ。

支那は最近に於いて、実力をましてきた。蔣介石一派、浙江財閥の存在は英米資本なくしては成立しない。英資本は日ソの戦いに於いて如何なる点に立つか。日本の疲れるのを待ち、日本を一先ず滅亡させて、あらためてソ連と対立するか。又、もしくは日本と手を結び、一挙にソ連を潰すか、此の問題の鍵は英国の巧みな、そしてずる賢い行動の中にはっきりと現れてくるだろう。

日本は戦っている――国内資源、戦争と共に国内に於ける民衆の生活は逼塞してくる。どうしてこれを解決してゆくか。日本は戦争に勝っても英米資本におさえられる恐れが多分にあるのだ。経済的バランスは破壊されてゆく。長期になればなる程、国内に於いて巨大資本は蓄積され、民衆はやせ衰えてゆくばかりだ――日本よ何処へ行く。前途に多難なる暗雲が広がっているのだ。一歩誤れば。この危機を切りぬけてゆく指導者は誰か――

昨日の夜から今日の朝まで、裏の丘に据えてあった山砲で、南関目掛けて射ったので眠れないで困った。

今日は敵が城の近くから退いてしまってほとんどいない。

一発の小銃の音も聞かないのだ。五月十六日に始まって約二ヶ月の籠城生活も何とか目鼻がつきそうだ。一〇八師が黄河畔より前進して来たそうだ。大部隊を集結せしめてこれにあたらせるのだ。

混成旅団は近代科学兵器を試験するために入って来た。兵団で旅団の指揮を中将がとり大隊長は大佐という話だ。小林部隊は今日、新絳より新関へ前進し、聞喜迄——おして、そこで一〇八*と協力、殲滅戦をやるとの事である。

想えば長い期間を弾の下で送った。今日となっては物淋しい。弾を恋う。物音のしない夜は不気味だ。遠くで犬のほえる声の余韻が長く、月は冴えて、銀色に戦場と城内がくっきり浮かび出ている。この地に死んだ兵士はずいぶんの数だ。（支那兵も日本兵も斃れた人の安かれかしと）。

母を思い、故郷を思う子。永久に故郷に伝わらない名前。どこへ去ったのやら。人間の生命一つ消え去った。

一人一人の生命には生活が結びついている。然し、今は何物もないのだ。冷酷に葬りつくされた生命よ。

＊　第一〇八師団（長、谷口元治郎中将。陸士一六期）。

五　宣撫工作と日本軍体質との矛盾拡大―七月八日～八月七日

三林鎮の甦生計画

七月八日

敵兵が引いてしまったので仕事が忙しくなる。三林鎮一帯へ新民塾生、及び、民衆指導員を派遣して三林鎮の甦生を計らした。

これからは大部隊はいないが、然し、便衣隊や匪化した色々の支那兵がいるので注意しなければならない。

紡績工場の方は大して損害はないらしい。

昼、西関に商人の商品を隠していた奴が、兵隊にとられているから来てくれと言ってきたので行ってみる。丘の中腹の洞の中に入れているので、ほとんど持ってゆかれ、約三〇円の損害だという事である。商人を主として叱りつけて帰る。

約二ヶ月ぶりの郊外だ。青葉が目にしみて、なつかしさにうたれる。大地を踏みしめて、のびのびと呼吸する。汾河の流れが白く光っている。大地が広がっている彼方に、青める田畑、我々は大地に生きているのだ。

平和な自然に対照して、人間達の争いの深刻さ、生きろ、生きろ、生命の続く限り、堂々と生きよだ。

南関に現地宣撫工作

七月九日

南関に現地工作に行く。顔ぶれは昨日と同じだ。荒れはてた南関。この地に来た当時、生き生きと動いていた街だった。南関。ここは戦争のみじめさをよく知らせてくれる。すべての家が屋根は落ち、ぽつねんとして立っている。叩かれた醜さ、みなじっと黙って戦争の重圧に耐えている民衆の顔の一つ一つだ。バリケードの街路に横たわっているのを見れば、兵士達の生きた呼吸がかよっている様だ。支那兵の死体にも何か人間性を貫いて胸に迫ってくる感情がある様だ。人間は屍となって枯れてしまっても、なお悲劇を感じさせる動物だ。

あらゆる廃墟の中を歩むと、静かに、人類永遠の悲劇が身に迫ってくる。ポンペイ以上の、人間の手によって作られた悲劇の前に立って、時代を指導するたくましい理論が湧いてくるのだ。

七月十日

朝から現地工作に行く。新関、南関方面だ。死体を埋葬する。腐敗しきった一つの品物となりきった支那兵のなきがらに敬拝をする。五個だ。手榴弾を背負って死んでいるのを見ると笑えない。人類、国民が生きようとする努力が、一個の人間を殺す。これは笑えない悲劇の一頁だ。科学が発達すれば発達するほど、人類の悲劇は深刻になるのだ。その科学の応用の罪は何処にあるのか。よく考えて処置したい。

戦争は人間に深い思索を与える。又、主義の確立を増さしめる。烈しい環境によってもまれ抜いた人間は優れた直感を与えられる。政治の重要性もわかる――一歩一歩体験は人間を政治の実態へと近づけてゆくのだ。生きようとする努力、これが人類を進歩させるのだ。

現地工作と日本兵の強盗、強姦の矛盾

七月十一日

三林鎮へ現地工作に行くことにする。現地工作の責任者となったので、現地へ民衆指導員五名をひきいてゆけば、何だか気も軽々として面白い。段家荘で工作して、朝食前だったので小さな林檎を食って腹を満たす。汾河の流れにそった部落が転々として向こう岸に見え、木は青ばんでくっきりと空に浮き出ている。灰色の山にしろ、二ヶ月間の籠城生活を見て、幾分気も憂鬱になっていたので、広々とした、のびのびした気になる。汾河は黄土色に渦巻いて流れている。河よ、忘れられない哈爾

汾河（臨汾市付近）

浜の面影をおし流せ。支那大陸をゆうゆうと横切る黄河と合して支那文明の発祥地となった汾河よ。汝の黄土色の顔には支那民衆の苦しみがくっきりと浮かんでいる。永久に晴れない、澄むことのない汾河よ。支那民衆の将来を物語る様だ。

段家荘で話した後、日本兵が強盗、強姦をするので困るから、何とかしてくれと頼まれたのには、自分の言うことなすことが、一つ一つ裏から叩き壊されてゆくような気がする。三林鎮へ前進して部落に入って、支那兵が民家を荒らしていないのに感心する。彼等は日本人の様に、民衆に、上から押さえつけようとするのではなく、民衆と共に生活しているだけに、我々の追求してもなお及ばぬ点を持っているのだ。

反日ビラを集める。村民を集める前に、昨日県公署の役人をつかまえていた旧新絳自衛隊の隊員が何処にいるか調べる。拳銃を固く握りしめて待っている。村民が彼は今朝、何処かへ逃げた事を告げてくる。大方、李県長の処へだろう。次々に部落へ便衣の兵士が入って来て宣伝する。彼等と会えば生きるか死ぬかだ。村民を集めて話しをすませて、紡績へ行く。明日から電気がつくそうだから、皆、二ヶ月ぶりに電灯の光りに接するわけだ。

帰途、色々の塹壕を見る。戦う者の重苦しい空気がみなぎっている。灰色だ。

夜、経済工作隊の新任の人と初めて会い、同県人と知る。歓迎に徹底的勢《ママ》く例のくせが出かかって来た。又、井上さんが妹の事を言い出す。そんなことにうてあわないでやるやる。新任の古賀氏は、これ又、福岡の乱暴者だ。中村、島村と一緒に声の枯れるまで歌う。雨はいよいよはげしく降る。負けず嫌いだ。皆んなに負けたからやめてくれと言われるまで三人でやった。愉快だ。

李前県長の帰順工作を計画

七月十二日

朝から雨だ。現地にも行けないので家にくすぶっている。寝て起きてすることがないので、ぶらりやっていると、又、寝たくなる。平凡な生活は生きがいがない。

財務科長が李県長にさらわれていったそうだ。可哀想だが仕方がない。生命はないだろう。李前県長を一つ帰順させて見ようと計画する。李県長の下に手紙を持たせてやって、何処か処を決めて会う様にして話したいと思っている。

夜、二時過ぎまで、班長以下、班員全部で時代に於ける青年のはたす役割について一つのべる。気をおうた例の口調で話せば、皆、聞き入っている。革新を貫く革新、革新理論の欠乏ゆえにこの様な状態になるのだ。

七月十三日

朝から雨なので仕事なし。何処へ行こうと思っても駄目なので、現地に於ける銃器回収が出来なくなるので困った事と思っている。呆然としていれば何が何か解らなくなる。

李前県長の帰順工作をやろうと思っている。これに対するビラの作成をなすことにする。

南関―候馬間の道路を修理し、自動車が入る様にしたいと思うので、明日から早急、実行しようとする。

明日は班長が曲沃へ行くので、提出書類を作成すべく、旬報、計画表の整理をなす。

班長が曲沃に行けば手紙がついているだろうと思えば楽しみだ。

食糧受領にも皆、苦力を使って運ばせることにする。

北方に於ける李県長の軍が少し動き始めたので、これに対抗して戦ってゆきたいと思う。

今日も鄭帰らず、彼を殺した事は残念だ。現地工作も大切だが、もっと早く治安工作、県の治安隊の養成をしたいと思っている。

満鉄社員、七月一杯で原所属へ　宣撫班の本質、日本の戦法への疑問

七月十四日

班長行く。午後、色々の雑務があって仕事多し。

満鉄社員、帰来の報伝わる。七月一杯で原所属へ帰ることとなるらしいので、これに対してこの地に残るべきか、又、新民会に入るべきかを考える。

米倉兄の手紙が来れば、少しは何とか、この支那に対する感情も湧いてくるだろうが、今の所では駄目だ。

宣撫班の本質に触れなくて何を叫ぶとも駄目だ。日本帝国の名の下に実行してゆく北支政策に破綻が起こらないように今少し努力すべきだと思う。何処まで行っても交わらない平行線であるかもしれない支那と日本の運命を思う。日本と戦うことによって強くなる支那、――。直線的に進んでゆく日本の戦法、い

わゆるナポレオン戦術に破綻なきか？――。

治安隊の訓練　便衣隊（ゲリラ）との戦い

七月十五日

治安隊を訓練して匪賊に対抗してゆける様にしなければならないので、南関に現地工作に行く途中、橋が壊れて河を渡れないので、三林鎮方面に警士一〇名を率いて拳銃三つ持って進んでゆく。西関を離れた処で密偵を二名派遣して段家荘を探らせにやって外の者には野菜を取らせながら待っていると、段家荘に公安隊の密偵が三人居て、当方の密偵を捕らえようとしたとの事なので、早速、前進を始めた。前方に便衣隊らしき者が二名いるので拳銃を撃って追跡する。玉蜀黍の陰に警士を散開させて一歩一歩進んでゆく。便衣隊は家の陰にかくれて待っているらしいので、側面の家伝いに五名を廻して見張りをさせ、一方、西関衛兵に連絡をとって進んでゆく。

真夏の太陽がじりじりと焼き付ける様な白光をはなっている。訓練してない警士を叱りつけながら玉蜀黍の葉陰にうずくまっている。又、前進だ。便衣隊につかまりそうになった百姓の話では約十五、六名とのことだ。小銃、手榴弾等を持っているので、彼等を生け捕りにするのは難しいかも知れないが、戦うだけ戦ってやると警士をはげまして進み、段家荘に着く。

段家荘にて此の前、現地工作をやった時は約三、四十名の百姓がいたのだが、今は二、三名を残しているのみだ。便衣隊がいるはずだと言うと、いないと言うので、待っていると兵士が一人やってきたので、段家荘の道路を奥の山手へと前進を始める。関帝廟まで近づいてゆくと正面は閉じられて、前方約十メートルの地点の崖の上に銃眼があるので、これに対してよく見ると人影が二、三見えるし、顔を出したり引っ込めたりし始めたので、小銃をこれに撃ち込みはじめると沈黙した。崖が静まりかえっているだけだ。百姓かな、そう思っている。横の舞台を廻って裏手から、又、一〇発ばかり撃つと突然、手榴弾を投げ始めた。ボォーンボォーンボォーンと物凄い音で炸裂する。糞と思ったが、人数は少ないし敵の陣地は完全な崖の上だし、残念だが引き上げるより外はない。警士は畑を踏みこえ小さな崖を飛び降りて逃げている。引き上げ始めると後から一、二発小銃弾でうたれた。

行く時の気持ちと変って木の陰づたいに逃げて帰るあさましさだ。木の葉は青ばんでいる。夏の香りがたまらない程、郷愁をそそる。汾河の岸を見ながらハルピンを思っている。

明日はやるぞ、かならずやる、そう固く決して歩む。夜、警察隊を集めて訓練及び訓示をやる。

石田経理部の連中が塾生の姉を酒の酌に呼んでふざけていると聞いて、中村君をやる。然し、彼はこれを解決せず酒を飲んでいたので叱りつけて女を呼び、返す様にする。人の女房に対し弱小民族だと思って酒の酌をさせるなんか、もっての外だ。断固として石田少尉とやる決意を固む。

警備隊に行くと、明日の討伐を明後日に延ばすといっているので、これに対しこの地方の兵数と情勢を説いて断然明日ゆくべきだとのべる。

彼等は初めは何とか言っていたが、これに同意をして、明日午前六時出発と決まる。

今日の連中を必ず倒すまでは死してもやめぬ決心だ。拳銃一つあればどんな行動でもとれるのだ。やるだけのことをやる、それだけだ――。

（段家荘の見取り図）

便衣隊討伐とその限界

七月十六日

五時起床。警備隊と共同で今日、便衣隊狩をやるように決定したので警士二人をつれて現地に行く。段家荘へ近づいて行くと城壁より射つ大隊砲がシューシューとうなりながら頭の上を飛んで行く。段家荘の廟の近くで破裂する音を聞きながら前進する。雨模様の空が頭の上にのしかかっている。一番に昨日の所へ乗り込んでやるぞと力みながら進む。林を通って前方に出て、二分隊ばかりを少尉が指揮して進んで行くのに会う。段家荘は目の前だ。小隊長にあの廟を射つ様にと言う。擲弾筒で射ったが、小さな武器ではあるが、大きな音を立てて飛んで行く。一〇発ばかり射って前進だ。大隊砲が一五、六発、段家荘にあたった。

大隊砲前進と共に、小隊長と一緒に段家荘の昨日の地点に行き崖を登って、昨日、手榴弾を投げつけられた処へ行って見る。成程、これでは昨日はうかうかしていたら生命が危なかった。軍の通訳が百姓に無茶をやるのを止める――。住民は常に虐げられている。敵ならば逃げるのだ。今、残る奴は皆、良民だ。

八路軍の胸章を手にする。戦うことの意思を知る。革命完成の言葉が何か強く迫ってくるものをもっている。

長期戦、それは民衆の声である。支那兵は決して住家を荒らさない。この便衣も公共物や城内の二階に寝ていたのだ。ここに長期戦の根底を見る。住民（民衆）はあまりに彼等に対し悪感情を持っていないという消極的なものではなく、好感を持っていると思われるふしぶしがある。

日本人はこれを民衆に対する、支那人を圧迫させて支配せば必ず失敗するだろう。そうしてこのまま次の対ソ戦争に入るだろう。運命はかけられた。のるかそるかの大勝負だ。

民衆はあきらめている。然し、あきらめは、支配され圧迫されると闘志へと変る。民衆は日本と戦うことにより何か教えられ目覚めている。

北王馬を大隊砲で約十九発ばかり射って引き上げる。まことにあっけない結果だった。

七月十七日

平凡なる一日なり。梅雨に似た雨降り続いて、何か陰気だ。橋も多分流れてしまった事だろう。橋の問題で県公署の斩がきて話をしたが眠いのでうわの空で聞いていた。橋は今後、舟橋を持って作らなければならないし、これにいる費用は軍の方で持つべきかということを考慮に入れる必要がある。班長が帰ってからだ。

経理部に於て、班で入れていた罪人を勝手に出したということをした。これは女の問題で突きかかってくるのだろうと思う。班長帰来の時、徹底的にやるべきだ。国家の運命的前途、この問題は何処に於いて解決出来るのか、――

指導精神の確立、これによって我々は動くのだ。然し、現代、日本に於ける指導精神は何処へ行ったのだ。行方不明だ。

運命論との対決

七月十八日

仕事なし。雨降る。朝起きて夜寝の外、仕事なし。もしかしたら二〇師団[*1]は前進し、これに従軍して我々がついて行くのではないかと思う。

一〇八[*2]がくれば師団司令部が此処に出来そうだ。一〇八の指揮下にあるか、又は二〇の指揮下にあるか、どちらでもよいが、中々、軍の方針は政治的な動きに敏感でなく、独我的な判断を下すので宣撫という仕事が政治経済的な思想工作である以上、宣撫班をこれ以上つかって仕事をしてゆくのは無理だ。班内に於ける人的要素の欠乏、これが問題だ。草野心平[*3]あたりの直感は鋭い。

夜、中村、島村君と革新論について話す。坊主である島村君の運命論的、ぬえ的存在が如何にこの運動に不利をもたらすかをつくづく考えさせられた。

＊1　師団長は六月二十三日付で牛島実常中将（陸士一六期）に交代。
＊2　第一〇八師団。
＊3　草野心平。昭和期の詩人。『文藝春秋』一九三八年六月号の「黄河を渡る」で宣撫官の玉石混淆を指摘。

今後の進路に迷う

七月十九日

朝少し雨が降ると晴れてきた。大した仕事もないので、のんびりとしていると、班長が帰ってきそうな気がしてならないのだ。昼寝をしていると班長が汗にまみれて帰って来た。

師団が聞喜に前進したので曲沃には兵数も少ないし火の消えた様な有様だったそうだ。連絡もとれなくて何等収穫もなかった。手紙を待っていたのだが――。

米倉兄に対する手紙は着いたかしらと思う。新民会に居て北支方面の政情を今少し見て帰ろうかと思う。結局、此処に居るのも満州に帰るのも同様だ。ハルピンに帰りたい気も薄らいだし、今後の日本資本主義の植民地政策についても多少研究したいし、北支に根を下ろしてやっていってもよいと思っている。日本と大陸、これによって決定される問題は数々ある。対ソ戦争の前哨戦として支那大陸に於ける軍事行動、これによって将来が決定されるのだ。軍事的に政治的に経済的に動いて行く支那、ここに自己の眼で見た帝国主義の発展史があるのだ。歴史を動かすもの、これは科学と人間だ――。

七月二十日

四時頃より雨が降り始めて土砂降りになった。安心して寝ていたのに今度眼が覚めると晴空だ。警察隊の訓練をして帰って来ると、又、平凡な一日だ。

この通りの生活をしていたなら、我々は腐敗するばかりだと思う。水溜まりの中の水、これはいつかは腐り、にごるのだ。井の中の蛙大海を知らず、何処に居ても人間はつかむものはつかめると思う。現地に於て、小さな仕事をやっていると人間は一つの形にはまってしまうのだ。戦争の後には、自然はどっかと腰を下ろして悠然として全ての物を同化した複雑さがあるのだ。人間として生きて行く上に何らの障害物もない。唯、あるものは、闘争のみだ。戦争は文化の母であり創造の父である。この逆説は正しく響いてくる何物かを有している。

　警備隊長が出てくる。昨晩は又、五〇名ばかり襲撃して来たそうである。李前県長を一つ降伏させてやろうと思っている。八路軍とも二〇〇〇の兵数では少し無理かもしれぬ。県の改組について多少意見あり。夕方、天池へ魚取りに行く。一匹もとれない。残念だ。然し、夕焼けの美しさを見ることが出来た。

霊石県のトウモロコシ畑

自己に行動と思想の適合なし

七月二十一日

　平凡なる一日を送る。政治問題の進展を知りたいと思う。日本内部もよほど全体的に統制の線にそって進んでいるだろう。全体主義、これは政治的指導者、いわゆる天才でなければ、主義を生かして行動することは出来ないのだ。全体主義の波が荒れ狂えば狂う程、日本民衆は強くなってゆくだろう。現在の政治指導者が意識している、いないにかかわらず、一路に直進してゆく姿は、もっと文化に近いところに居なくては解らないと思う。現在の自分はこの流の一つの泡沫にしかすぎないのだ。濁流して物凄い勢いで下りゆく日本帝国主義よ、この流れの全体を批判してゆくにはあまりにも小さな点に立ちすぎているのだ。戦争とはなにか。戦争を知るには戦争の渦中に居ては本当の事を知ることは出来ない。そこに於て見うるものは日本の巨大な軍事行動の動きだけだ。戦争は政治の継続にしかすぎない。然らば戦争の本質をつくもの政治的中心に近い処に居なければならないのだ。

大きく広がっている問題の中に突入してゆく勇気、昔味わった失敗を繰り返さない慎重なる準備が必要なのだ。生きている以上、心配もあるし苦痛もあるはずだ。これを貫いてゆけばどんな勝利でも得られるのはよく知っている。然し、真理の存在を口にするものも、往々真理の探究者、実現者として行動はしえないのだ。

近頃、自己に行動と思想の適合なしと思う。自己が政治的に卑怯な精神に流れていっているのを知る。高邁な理想を忘れて起ち上がるべき時機を失している。

小さな意志の遂行は行えるようになった。然し批判的精神の欠乏はこれによっておぎなえないのだ。百科辞典であり官報新聞であってはならない。常に若々しい情熱と決断と思想、これによって動かなければならない。自己を知ること、自己より外に何者もない如く、又、自己を建設するものも自己より外にないのだ。
決意はよいか　黎明の鐘をつきならす。千万人といえども我行かん。

李前県長の動きが活発になった

七月二十二日

明るい太陽の下で笑ってみたいような日だ。心の中に浮かんでくるものはなつかしい故郷と哈爾浜だ。戦がおわれば近いうちに帰れるかもしれない。然し、我々はこの長期戦の下に於ては帰れる日もいつかわからない。

土肥原兵団が徐州戦後、鄭州を攻めた時、相当苦しんだとの事だ。約、敵の一三ヶ師ばかりと会い、ひどい襲撃をうけた後、黄河の堤防を切られたので、さんざんのていだったそうだ。こういう戦の方法では、まず長期になるのは仕方がないだろう。黄河が氾濫したので、二月ぐらい鄭州攻撃は後れるだろう。

李前県長の動きが活発になった。何か相当の目標でもついたのだろう。県政府は出来たし、人員も当県政府より多いし、公安隊員は五、六百いるし、相当の力だ。

山西軍は今度、日本に帰順するとの噂あり。目下、清源あたりに閻錫山が居て、洞ヶ峠をきめこんでいるそうだ。然し、これも噂のていどかもしれない。

長期抗戦に於いて日本経済力の支持はどこまで続くか。支那は不死身に近い抗戦をやるだろう。英米の巨大資本が動いてくる方向によってすべては解決されよう。然しこれは相互の利益のため中々力を合致させることも出来ないと思う。

社会より切りはなされた街での生活

七月二十三日

一般社会情勢より切りはなされた街にすんでみると、以前、毎朝、新聞が来、ラジオがなっていたのが夢の様だ。政治的関心もここでは抹殺されようとする。女の話、戦局の話、故郷の話、とりとめのない噂によって語られて行く。ここに宣伝、デマが乱れて飛ぶ要素を作りあげるのだ。仕事は中断されているし、進展してゆく戦争と政治に対し、論定的な批判も下しえない。理論からまったく切りはなされて生活している。理論的であろうと思うのが間違いかも知れない現状だ。

夕方、裏庭の墻に腰を下ろして、緑に青にくれてゆく四方《ママ》を景色を見ていると、僅か日本の勢力が新絳城内だけにしか確実におよんでいない現状だけに、いつになったら平和な時代が訪れてくるやら。感慨久しうすだ。汾河の濁った水のような、河清百年を待つのが無理な話かもしれない。支那民衆は黄河であり、揚子江である。大事業であるが、一度全てを破壊してこれの上に新しいものを建てなければならないのではないか。一政権をたおすのみでは駄目なのだ。支那民衆を新しく出発させなければ、彼等の胸に巣食っている、あきらめに似た、一種の宗教的腐敗とも云うべき道教精神をたたきつぶすのだ。武力には武力にて、現代支那は支那民衆及、支那にまかせてはならない思想、強力なる思想を生むか、又は、外来思想を輸入して、これによって支配するか二つしか方法はないのだ。

今の警備力では現地工作にもゆけない

七月二十四日

午前、後共に大した仕事なし。李前県長の行動が活発になった為、今の警備力では現地工作にもゆけないので、のんびりと昼寝でもするより外に仕方がない。

映画雑誌を見ていると、色んな映画界の動きに接して現代の映画のもっている魅力に引きつけられる。

高峯三枝子のよさを写真を通じ、又、彼女の書いている文章を通じて相当の芸術家たりうる素質を有しているのではないかと思った。彼女は日本に於て今迄現れた女優の内では珍らしく理知的であり、又、性格的、及、容姿に於ても新しいものを有している。この形はよく自己の芸術家であることを認識して努力すれば大成するタイプだ。彼女は映画的なとでも言いたい形がすくない、癖のすくないすなおさを愛したい。荒城の月に於ける彼女のよさをしみじみ思い出す。彼女は人間になりうる。映画的な人間でなく、社会のあらゆる層に生きている人間に真面目になりうると思う。

映画を愛している人間に、しみじみ映画のよさを思い出させる、夢の様な世界だ、シャシンとは。

七月二十五日

朝から新絳に於て初めて支那料理が出来るので籠城の疲れをねぎらって、経済工作隊、及、旅団田中大尉、石田架橋材料中隊長、八尾病院副長、警備隊長、県長、及、治安局長をよんでやるので、会場準備に忙しかった。事務室の屋根が落ちているので、前の庭でやるべくする。植木鉢が六、七十あるので、それをならべて相当の会場出来上がる。

敵に於ては昨日より一〇日以内に本城を攻撃するとの報があったので、これに対し城壁警備も厳重になされるべきだと思う。稷山に於ける轍をふまない様に気をつけてやってほしい。県公署と治安局に不安を抱いた警備隊は出口衛兵所を設けて警戒しはじめた。これは右田少尉の方のおさえになるので抗議は持ち出さない。

北方の敵を追う。これに全ての解決がある――それまで仕事が大してないから呑気だ。

宴会は大成功だった。久し振り、約三ヶ月振に食った料理らしい料理は、自分の舌を陶然とさせて、それとともに色んな出来事により自己の内に不純物が混じってきているのに対し、いやだと思う！　宴会後には後味のわるいものが残った。

宣撫班そのものの存在価値、なんと少ないものだ

七月二十六日

事務室の屋根の葺替えのため業務中止の状態なり。当地方の警備は一〇八[*1]になるのか、それとも二〇[*2]が依然やってゆくのか、不明である。一〇八がやれば前進だろう。旅団は今、猗氏県に居るそうだが何処へ行けばどんな働きが出来るのか、さっぱり解らない。

戦争の複雑さ、これの渦中に巻込まれていると戦争の本体を見失う様な気がする。

宣撫班そのものの存在価値、なんと少ないものだ。自分がやる（指導）のだったら、これを一番にたた

きつぶして強力なものにする。宣撫班よりも政治指導意識を確立させるために新民会を強化してゆきたいと思っている。哈爾浜の方の問題はどうなったかしら。自分としては例の気持ちで哈爾浜を忘れている。都会に行かねば事態の実相はつかめない。北京へ——

＊1　一〇八師団。
＊2　二〇師団。

まるで流人生活

七月二十七日

班内より外に出ることなく、まったくの流人生活みたいだ。やることに元気なく、出るものは不平に近い愚痴のみだ。山中貞雄の南京に於て言った「考えてもドウモならんが」という言葉に近い哀愁とあきらめだ。

革命的理論なくして革命的行動なし。この言葉のように現在のだれきった心境より湧き起る遂行すべき行動意識なし。

宗教問題について話を持ち出し坊主の島村君に対し直線的なことをのべる。彼も大した宗教に理論的なものをもたないで、やむなく宗教の生活で生きて、そうさせられてきた人間だ。このように、環境によりそうさせられた人間のいかに多いことか。なすことすることに気力なき欠伸をかみころしている。

七月二十八日

今日も平凡なる一日を送る。

明日聞喜へ出掛けてゆくつもりであったが腕のできものが痛んで遂に中止する。候馬より平藪氏連絡に来る。稷山方面の状況、少しも向こうに解っていないので驚く。明日からラジオが来るが、これで少しは文化に近づくことが出来るだろう。

何をやっても面白くなし。戦争と平和、そんなトルストイの作品を想い浮かべるには、この地方はあまりにもなまなましすぎる。人間は平和を愛好するよりも、むしろ戦乱を愛好しているのかもしれない。利己的な成功欲はこれ文人迄ももやして進ましめる。権力の下ではいかに叫ぼうとも無力の我々である。批判は自由だ。然し、批判は権力を恐れさせることは出来ない。

生きようと思う。利己と理想は食い違って大きな裂け目を胸にあたえる——

ラジオの効用

七月二十九日

朝、島村君、中村君、出発す。自分が行く様になっていたのだが、腕が痛むのでやめにする。残念なり。

旅団に行ってラジオをとってくる。うらめしそうな顔をされたが、残留兵三名のところに置いておくより安心だ。

新絳もいよいよ兵が少なくなった。二〇師団の手を離れて一〇八にうつるらしい、外に、南山西地方に多数の兵数が動かされているが、現在、黄河近くに行って当地方付近には居ない。稷山は敵の手中にあるし、これを奪取するには相当の兵力がいるだろう。二三、二二師来るとの噂あり。一〇八になれば我々は前進だ。山の中の生活も実にいやだが仕方がない。ものの中心へと動いてゆきたい気持ちで一杯だ。

ラジオを聞くと外にたいしたニュースもないが、教育制度がついに八年制になるらしい。国内の動きも今話して今解るので科学の発達は恐ろしいものだ。近代科学は電気より発する。

七月二十日

仕事なし。班長、候馬へ食糧取りに行く。

暇なので本ばかりよんでいる。こんな処にいて毎日ぶらぶらしていると頭がわるくなる一方だ。候馬は現在、兵が多くて家の内も外も馬と人で息ぐるしくなるぐらいだそうだ。其の点、新絳が一番恵まれている。多くの兵力のない現在の新絳は天国だ！　新絳付近に二万の支那兵が来て、これを攻撃するとの噂があったので、偵察さしたが、約一千五、六百ぐらいはいるらしい。又、元の二の舞をしない様、警備隊では一ヶ月分の食糧を取りに行くとの話だ。

三林鎮の紡績工場を運転させるつもりらしいが、一こう班より居候が出ないので。早くやってくれるとよいと思っている。

支那の逆宣伝を聞く

七月三十一日

昼間はぶらぶらしながら本を読んでいた。大した仕事もないので徹底的に自分の時間にしてしまっているが、何分暑いのでちょっと無理だ。

自体は最近太ったようだ。人もそう言う。呑気な性格の所有者になってしまった。

太原はよくなったという事だ。ここによくなったということは料理屋、カフェー等が増し、不良邦人が沢山入ったとの事である。こんな事になすために、血を流している兵士の浮かばれない顔を思う。

ラジオで支那の逆宣伝を聞く。日本語のとてもうまい放送だ。たしか日本人だ。あらゆる地方に於ける遊撃隊の成功をのべ、日本内地に於ける軍閥資本家の欠点を叫び、無産党の宣言を読む。又、汾城のことを（支那軍に於いて奪取した）と云い、対ソの小ぜり合に於いて約二百の負傷者が出たと叫ぶ。

この放送者の声は実に美しい。この女性は心から叫んでいる。あるときは熱で、あるときは弱く、燃えあがる昂奮の言葉を叫んでいる。この原稿はたしか郭沫若あたりが書くのではないかと思う。

対ソ戦争、来るものは近づいた。当然、歩まねばならない道を一歩一歩歩んでいる。日本に於ける最高の戦力兵団数約五十四ヶ師の内、十五は支那に来りたる現状、又、今日の戦争があまりはかばかしく行かない今日、満州に於いて約十万の兵をようしてこれにたいすることは出来ない。少なくとも二十数師は必要だ。この財政をどうしてまかなってゆく。

太原特務機関長*は、日本が其の地方に於いて積極的に出ているから安心だと告げたそうだが、この大きな問題に対し軽々しく言いうる言葉ではない。

支那の放送では朝鮮に約三十万の兵を動員させていると告げた。オリンピックを中止させた点、色々考慮すれば、来るべきものが来たのだ。日本、この言葉によって代表される政府は、はたしてこれに耐えうるや。経済力は？　ラジオのニュースを聞いていると、新絳、籠の鳥だ。自由のないのが、重苦しいものが頭におおいかぶさっている。戦争へ！　戦争へ！　進む日本。全てをかけて進んでいる。その姿は悲痛だ。

関帝廟（文永県）

＊　河野悦次郎大佐。

八月一日

候馬より機関謀略の山中氏来る。大した人物でもない。こんな人間があんな大きな仕事をやらねばならないから失敗するのだ。

又、少し支那軍の運動が活発になったらしい。今度の討伐も大道を追って進撃したので、支那軍は両方の山岳地帯に逃げこんでしまっているのだ。これに対し徹底的な打撃を与えない限り、又、元の状態にこの地方はなるだろう。

南山西に於ける戦争は終了していない。長期戦としての遊撃戦法は成功をなしている。新絳県境の山地に約一ヶ師の兵がいる。これが当地方に進撃してくるだろう。対ソの問題はだんだん複雑化してゆく。今の状勢では、日本はやりたくなくてもやらねばならないだろう。第二の世界戦争の危機迫る。

楡次方面に集結している混成旅は何処の地方に向って進むのか。戦況は発展する。国運をかけて。

逆放送では雲王、徳王の毒殺を叫ぶ。又、ソとの対抗に於いて日本兵の死傷者二百と告げる。

八路軍の動きに対しての注意は必要だ。日本の捕虜に対して八路軍の待遇はよく、石家荘の近くでは送り返して来たそうだ。色々の点に於いて、優ぐれたものはもっているようだ。

八月二日

今日は敵が当城をとりまいて攻撃を開始するとの報ありて、百名ばかりの歩兵ではこれに対してやることが出来るか、内から反乱が起りはしないかとしきりに言っているが、自分達から考えると実におかしく聞こえるのだ。

新しいレコードを聞いていると異性にたいするほのかなる恋情起ってくる。女のやさし、したしさにせっしてみたい。なにかなぐさめてもらいたい気持だ。甘ずっぱい青春だ。ロオマンチックな感情が胸を熱し流れている。力一杯燃えあがる情熱を叩きつけたい。

対ソ問題はますます紛糾してきた。ここに来たった最大の原因は何にあるか突き止めたい。支那の日本語放送により日本にいても解らないことがよく解る。宣伝もあるが、又、真実もあるのだ。日本兵の死傷

約四百、大砲三、機関銃十六、小銃百五十ぐらいの損害と言っている。朝鮮方面には約三十万集結したそうだ──

二本の平行線だ。支那に於ける行動は予想に反して失敗だ。これに今日、ソと対戦すれば支那より一部後退するだろう。

軍人の尻の穴の小さいのには驚く（治安局への不信）

八月二日

今迄と少し空気が変わって来た。今日は無電で救援をもとめたので金谷中隊長が約二百名をひきいてきた。歩兵数は全部で約三百だ。

山西軍の動きが活発になる。

仕事は密偵派遣のみだ。外に大した仕事なし。ラジオにては対ソ戦が進展せるをつげる。

然し、日本としてはこの際あまり深入りしたくないと思う。

山西軍李県長の帰順工作をやりたいと思う。仕事をするに熱がなくなった。面白くなし。最も大切なことが欠けているような気持ちだ。軍人の尻の穴の小さいのには驚く。治安局を夜昼監視をして、衛兵一箇分隊をつけている。こんな風なやり方では失敗する。一事が万事だ。

自分達は人間として彼等に接し、シンセリティも充分通じているので彼等にも信用されている。ここに人間としての強さがあるのだ。人間として彼等の長所に食い入ることの出来ない軍人の愚を笑いたい。この気持ちがある以上、日本は完全に支那を支配することが出来ないであろう。

八月四日

　色々と考えることがあると何かしら心に澄みきった光があるようだ。久し振りに馬に乗って城外へ出ると、広い平野の草の中から鳥が飛び出してゆく。静けさをかみしめている。

　真直に進んだらいいのだ。直線的な人生であれば、それが一番よいのだ。生きている。この大地を踏みしめている身体は、農民の生活を貫いていない感情によって支配されている。社会正義の確立こそ最も大きなものだ。自然はあくまで澄みきって和やかだ。この中にいて常に戦っている人間の理想の少なさを笑っている。嘲笑している。

　大きく伸びる人類の理想は、今、民族というかけ声により押しつぶされてしまっている。これは廿世紀の悲劇だ。血を流せ、血を流せ、血で血を洗わねば光りは生まれないのだ。

　夜、再び銃声を聞く。五〇名ばかりの支那兵が迫ってきたのだ。勇敢という言葉は日本人ばかりの言葉ではない。規律厳正も同様だ。支那人を日本人はもっと見直さなければならない。ロシアの問題も重苦しく覆いかぶさってくる。知性の静かなどよめきを知る。日本に於ける生活の逼迫を知る。これは戦う人間にいかなる感情を持って迫っているか――。農民労働者階級の困窮へと思いを馳せる。

八月五日

　米倉兄、佐々木兄、及、満兄、貞広の手紙を入手す。新聞を毎日送ってくれる家の者の心を思う――。

　佐々木兄の手紙に何かしらわびしいものがくみとられる。知性の悲しみとでもいうか。この時代は人間を苦しめる。そして強く育てるか、それとも弱く見棄《ママ》さってしまうかどちらかだ。生きている喜び。混迷とした人生の荒野が広がっているのだ。正しき者こそ思想する。思想は建設ばかりではない。苦しいことがあるのだろう。自分と違って特に神経の鋭い人だから。

米倉兄は目的に直進している人間の強さをしみじみ手紙にて物語っている。高邁の理想を追う者は先ず現実の一歩を踏みかため、その使命により一つ一つ現実を叩きなおし改革して進んでゆくのだ。理屈より実行。理論と行動の一致だ。山西に於ける困難と戦ってゆく。これは肉体をきたえ、精神をきたえる。然し自己の理想へ向かって逆行してゆくのだ。真直線に進め。身を以て理論を獲得するのだ。日本の状勢に合致した理論を自分で作るのだ。創造者となるのだ。生きろ、そして、今に時代を指導するのだ。

現在の宣撫班では仕事は出来ない

八月六日

井田君が北京から帰って来た。北京地方の状態は大して変化はないらしい。

人間互いのシンセリティを所有し合わねばやってゆけない仕事の中に居て、彼と我とはどうして歯が合わないのであろう。これからの道程のあわただしさを思う。

班長はあまり元気なし。この仕事にあきが来ている。今の宣撫班の仕事だったらあきがこない方が嘘だ。正直な人間ほど悩むだろう。

宣撫指揮班の方で自分を欲しがってるそうだが、たいしてその方に行っても仕事は出来ないし駄目だ。

対ソの風雲いよいよ急だ。この時、米倉兄の強さが鞭打つものを有しているようだ。自己の思う方向と反対の指導者みたいな格好になっている現在の自分を思うと、ドオンキホーテの喜劇を思う。風車と空気と太陽に向かって剣をふりかざしてゆく知識階級と言われる人々の弱さが強さだと知る。

杉山平助*の態度は人を食っている。豹変した彼は一つの欺道に乗って起っている。人はそれを感嘆している。強く見せかければ人間は喜んでいるのだ。上田廣が一兵士で創作していることを知った。彼の立場は火野葦平とは違う。彼及彼背後のものは今ののしられているが、たくましいものを所有している。将来に於いても。

＊　杉山平助「大陸的新日本人を論ず」(『中央公論』一九三八年、六月号)。日本の中国進出は全く日本民族のためであり、中国民族のためではない。従って、給与など中国人と差別があるのは当然のことであるという。

八月七日

平凡であれば平凡であるを苦としないでやってゆきたい。然し国民の血によって出来た事変軍費がこんな処に無駄が出来てくるのを思えば如何に軍費使用の無用のふくんでいるのを知るのである。

自己に対して恥かしいことはない。然し公の事として食をたえしのび血のにじむ様な税金よりなりたっている軍費をここに於いてこの様に使用することを悔いるのである。

あらゆる仕事に対し熱情を失いつくした人々を集めてこの政治的仕事をやろうとしている本部及軍部の方策を不可と思う。やるならやるべくやらぬならやらぬ様に、適格な方針をたててやるべきだ。生命のあらゆる情熱と理性を集めて身体一杯をなげつけてゆけばいいのだ。
大陸、大陸、この声の下に如何なる犠牲が払われているものぞ――。
日本民族と支那民族が手を握る日はいつ。戦ははてしなく続く。その後に来るものは、

六　分班時代―八月八日～九月十三日

候馬へ行く事になる。分班

八月八日

明後日から候馬鎮へ行く事になる。分班を出す。中村君と通訳と候、韓と五人だ。これを指揮してやってゆかねばならない。責任があるのだ。これも結局、熱情の問題であろう。人間、やればどんな事《ママ》でもやれるものだが、唯一つ不可能な事がある。それは自己の使命と相反する主義の下に熱情を持って働きえないと言うことである。

主義、然し時代は複雑だ。この主義も通ってゆけない。師団の指揮班に於て自分を欲しがっていると言うことを聞いたが、然し、そこには改革すべき人的要素があると聞く。これを真一文字にたたきこわしてゆくのも痛快だ。自分としてはどんな場所も人も恐れない。不屈として進んでゆきたい。卑怯な態度は絶対取りたくない。

今日も平凡な日を送る。平凡であって、百姓労働者の血である軍費を使っている自己の寄生虫的存在について、ひどくいやけがさす。偽善性を持ってやってゆく。それに自己としては不快を抱いているのだ。

八月九日

朝から一日がかりで明日の用意をする。侯馬に分班を作れば責任上、色々と忙しくなるかもしれないが、然し自分としての態度は決しているし、大してやるべき仕事もないだろうが、全力を尽してゆくところまでゆきたいと思っている。

生活が自分の物になるには、唯、自己の力を信用して進んでゆくより外にしかたがないのだ。仕事に自信を持てと心は叫んでいるが、何も自分の外に信ずるものがなくなる心でいるのだ。砲声がしきりに侯馬の方面でなっているが、はたして侯馬かもしれない。

今宵は酒をくみかわしている人々の中にまじって、白けきった心で勢いでいる自分をみいだした。淋しいと言うよりも、むしろ呆然とした気持ちだ。

星が鋭い。暑い。空が青く輝いている。

侯馬駅（侯馬市）

約五ヶ月ぶりの侯馬

八月十日

侯馬へ向かって進む。約五ヶ月ぶりに侯馬へ出る。物珍らしい景色でなつかしい。青葉の下で戦っていた、その人々の不幸を思う。人間と自然はここまでもとけあわないのだ。晴々とした太陽の下で殺し合うことが、当然と思える程、人間は自分を信じなくなっているのだ。戦場とは狂った一頁だ。汽車を見るのも久し振りだ。なつかしい文化のあたたかさに一歩一歩近づいてゆくようだ。

一行日人三名。残敵の出るかもしれない道を歩む。西垣大尉の墓碑を見る。白店村に於ける戦いで死んだ豪気一方の人の文字を思い浮かべる。候馬につけば曲沃班、河津班が集結している。この中にこれと思える人間が一人もいないのが不思議で不思議でない現在だ。

半田君が工作金をもってきていたので、それを持って再び新絳へ帰る。呑気な馬車の旅をつづける。兵士と一緒に行軍していないので、のんびりと景色を楽しめる。

八月十一日

新絳を見ると候馬の汚なさが目立つ。馬と蠅の街だ。砲弾あまた受けて家という家はこわれはて残ったものは家の垣と壁だけだ。兵達はこの街で馬と一緒に寝ている。むんむんとする馬糞の中で息苦しくうごめいている。ここにはたと現実（人生と戦争）にぶちあたり冷たくなる。

新絳の静かさの中に生きてきた自分にとって、これはあまりにも悲惨とでもいう状景だ。然し、戦争はここにころがっているのだ。住民の居ない街、兵士と馬が共に生活をわけあって生きている街。人間の愚かさが笑えない。半田君は新絳は初めてなので喜んでいる。候馬から下げていった酒でのんびりとしている皆の中で、神経質に生きている自分だ。

上田廣の創作力のたくましさを驚く。彼こそ唯一の作家魂を有した男だ。

県長会議

八月十二日

朝早く県長会議に出席する。県長及秘書と北京へ帰る井田君、雲城へ帰る半田君、班長と同行で再び候馬に向かって進んでゆく。馬車にゆれながら長い旅を続けてゆく。

十二時、候馬着。早速、井田君を駅に送りに行く。長い間のつき合いではないにしても、お互いに生死を伴にしてきた人間だ。何か心にくるものがある。笑って別れるよりも、むしろ黙って別れたい。心にお互いにわだかまりを感じていながらとうとう打ちとけなかった。性格の相違がここまでくれば恐ろしいものだと思う。

汽車を約五ヶ月ぶりに見て面白かった。子供が玩具に親しみを感じるよりもっと感じやすく泣きたいような哀愁で眺めているのだ。淋しさよりも、むしろ、やるせなさをかみしめている。

候馬に於ける仕事の引継を行う。候馬は蠅の都であり馬の都なのだ。人間はぶらっとして、みじめな貧民生活をやっている。

鉄道修理

八月十三日

苦力を合同にて派遣す。鉄道修理は大体に於て終了に近いのだ。これが終れば一仕事片づいて呑気になる。然し、敵が多数いるので、又、破壊されるかもしれないのだ。

蒲州はいまだに落ちないし、ぐつぐつしているのだ。新聞に於ける戦局とは相当の相違ありだ。曲沃の向こうで一〇八の自動車二三〇何台かがやられたそうだ。皆焼かれて、そして死体なぞも捨てて逃げて帰ったそうだ。

候馬付近にも相当出没がはげしい。新絳も阿片を運ばない内は、狙われているだろう。

各隊へ挨拶及業務打合せのため廻る。兵站は第七兵站だ。萓さんのお父さんの部隊だ。

班長は朝たっていった。元気でいった。

太原に於て県長会議に宣撫官一名派遣されるので俺に行けと言われたがことわる。大した仕事もないし、谷荻さん*の前で喋るのがきらいだ。

＊　北支那方面軍特務部付、谷萩《やはぎ》那華雄《なかお》中佐。

百害あって一利なしの戦争の中に居て嘘を云って暮らすのにもあいた

八月十四日

城内に班を移転さす。区公所と合同にて仕事をやりたいと思うも適当の宿所なし。今、城内に住民百名もなく、さびれはてた街に区公所の必要もあまりなし。候馬は曲沃の県政府下なので新絳との連絡上非常に困ること多し。

班の宿舎事務所をかたずける。昼すぎ、経済班の井上、安藤、梅林の諸氏来たり宿泊を求む。臨汾よりの帰る途中なり。

新絳方面の状況少し悪くなったとの噂あり。阿片は今日候馬へ運んだとの事だ。一〇〇〇万円の戦利品のため莫大の犠牲者が出たそうだ。こののろわれた商品も遂にかたづいたのだ。これが何に変ってこの支那にくるか?

支那民衆の利益にとっては痛いともかゆくともない戦争であるが、民衆の身には非常な損害だ。百害あって一利なしの戦争の中に居て嘘を云って暮らすのにもあいた。

八月十五日

新絳方面の情勢悪しとの報、警備隊より連絡あり。候福堂をつれて新絳を中心とせる地方の状況を新絳へ聞きに行くと共に、新絳より密偵を派遣すべく自動車の便があるので飯も食わずに家を飛び出し兵站にゆく。生駒中尉と会い、大体の事情を話して出発する。

途中、別に変った事もなく新絳に着く。宣撫班へ行って事情を聞くも当地方には変りなしとの事だった。阿片は運び出したし、外に新絳が狙われるような事も無くなったと思う。島村君と打合わせをして帰って来る。

汾河にそった城壁は静かで美しい。白い雲のたゆたっている青空の下にのびきった木々の生活欲がうかがえて嬉しい。

鉄道隊と連絡して明日給料（苦力）をもらう様に約束する。この班にはお客がたえないのでゆううつになる。

羊羹を食った。久し振りの美味だ。

中央公論の上田廣の創作を読む。その作家魂のたくましさには驚くが作品としては深味がない。

八月十六日

班長運城から帰って来る。佐々木兄の便りを持ち帰り来る。哈爾浜へは帰来出来る由、書きたる。今の心境は大いに迷っている。米倉兄等の手紙もあり皆の期待、特に班長も期待しているのにたいして、絶ち切って帰るべき心も動かない。まして自分も帰るのを迷っている。ただ迷っている。哈爾浜へ帰るとしても、彼の地に希望少なく役所勤は出来るがらでもない。班長は引上げを師団指揮班に申し出て来たし、今月中には帰れるだろう。聞喜の村上さんに今度、運城に行った時、会って話してくれと頼まれる。指揮班の状況を見て来て、それによって決定しようと思う。哈爾浜に於いても叔母の態度決定が心配になるのだが、元気でやっていることと思う。色々とやることもあるだろうが、然し国民の金で遊んでいるのも心苦しい始末だ。

　近頃、元気がないと言われるが、実際、昔の元気がすっぱり《ママ》となくなって、人と話するのがいやだ。自己の行動に決断がないせいだろう。

八月十七日

　班長帰る。雨降る中を帰る。

　区長が来たので区公所設立について協議する。区長は何もかも引っこみ思案なので駄目だ。これをおしきって遂行するようにとく。

　佐々木兄が一等の試験を受けるそうだが、こんな処にいるよりも文化の程度の高い地方に居た方がもっと知識のレベルは上がるだろう。ここへ来てよいのは人間として少し荒々しい野性をおびてくることだ。が然し、ゆだんするとそれが粗暴になり、又、馬鹿になる。野蛮人と変わらなくなってくる。生命を惜しまないことは、野蛮人だって出来る。大和魂によって日本人が死するというのは一種の偶像崇拝にしかすぎないのだ。

　こんなことでは駄目なのだ。高い知性により命令され死する。使命の下に於て死する。ただ信ずるが故に死んではならない。何処へ行っても荒々しい野性を買われて来た自分。今でも戦場に於てこの野性を買われる。はたして幸福なのか。

密偵を派遣する以外、仕事なし

八月十八日

密偵を派遣すると外に別に用事なく呑気にしている。佐々木兄の便りをくり返して読んでいる。自分ながら正直に迷っているとしか言えないのだ。米倉兄の手紙を読んでいると、帰ることを考えさせられるし、又、残した仕事があるような気がしてならない。哈爾浜を思えば帰心矢の如しとでも言いたい気になる。然し、ここに来てあちらこちらの連中とも連絡がとれ始めてくると、一人では何処かに祭り上げられてゆくような気がする。班長なんか自分を過信しすぎている一人だ。班長は帰る。然し、自己は自己を信ずるが故に此の地に止まるべきか、一つは金の問題だ。これによって人間が勇気と決断がなくなってゆくのは本当だ。

何処へ行くのだ。そう言い聞かしながら迷っている。こんな気持ちで聞喜の村上さんに逢っても何とも仕方はないだろうが、今度、運城に行く事によって次の問題の解決があるかもしれないと思っている。

支那民衆の上に現在では日本民族の興亡があるのだろう。そう信ずることにより杉山平助流の生き方があるのだ。人類よりも民族、それに踊らされている人々よ。

八木沼人事への不満

八月十九日

今日も佐々木兄へ手紙が書けなかった。

曲沃及四五班の一行班長二人と六名ばかり宿泊に来る。四五班はしばらくこの地方に待機だそうだ。班長の樋口*は本部の樋口の弟だそうだ。聞けば樋口が彰徳の班長になったそうだが、あのおっちょこちょいみたいな男が班長になったと思うと淋しくなる。

八木沼人事の不平を曲沃班長より聞く。彼等一派により支配されていることにより宣撫班の活躍性がなくなるのだ。宣撫班に於ける人的素材は下がる一方だ。信ずる方向に向かって爆弾でもなげるか。

革新を必要とするのは全てだ――。我々の前にあるのは革命のみだ。これの遂行如何によって

古民家（文永県）

日々の新しい糧をえられるのだ。
聞喜の村上さんにも会う元気が出てきたし、人々の苦難を逃げて避けようとするのに突進出来るのだ。
新絳方面の道路を連絡に来ていた兵達が張王村で襲撃されたそうだ。

＊　樋口忠。青江舜二郎『大日本宣撫官』（芙蓉書房、一九七〇年）七九頁に略歴あり。

政治運動への進軍必要

八月二十日

中央公論の上田廣の創作をくりかえし読む。一つの大きな作家魂により、ここに築かれてゆく塔を思う。戦争に対する民衆の心理、土地に対する民衆の心理、一つのものを凝視している作家の痛々しいまでに鋭い心にまで思い及び《ママ》と淋しくなる。苦しいだろうと同情する。

起ち上がることの必要だ——各自が痛々しいこの時代を貫いて主義に進んでゆかなければならない義務があるのだ。真直線に、大陸の民衆の苦しみは——日本民衆の苦しみに一路につづいているのだ。戦うことの不幸、長期にわたる戦の終末の目標の薄い現在だ。

四五班長樋口氏より満鉄社員引上げの報あるを聞く。一日も早く運城、聞喜へ出て村上さんにも会って見たいし、米倉さんにも会ってみたい。やることは一つだ。彼等と手を握り、一つの団体を作るのだ。政党だ。改革新党だ。今迄青年と、土より生まれた人々の手より離れていた政治をとりかえし、この非常時局に起ち上がるのだ。

政治運動への進軍、同志獲得、これが残された問題だ。色々の難路が広がっている。独創によってこれを打倒してゆくのだ。青年の意気、これのみによって進んでゆくのだ。生命、この問題の前に月給取みたいな根性をすてゝしまうのだ。目の前にあるものは仕事だ。これ以外の何物もないのだ。

コレラの派生

八月二十一日

朝早くから四五班の苦力が腹が痛くて苦しんでいた。その唸り声に目覚める。夜が明けてから医者を呼んで来て見てもらったらコレラとの事である。いよいよコレラが入ってきたかと、戦いには病気はつきものであるが、これで相当の病人が出るだろう。戦争に於いては病人は手当することなく死ぬのを待つより外はないので、これに対して悲惨と言うより外はない。

コレラが派生したので外出禁止だ。

十一時、島村君が新絳より娘子軍をつれてきたので早速、運城へ出発する。自動車に乗って久し振りの旅だ。のんびりと楽しめる。山路を走ると聞喜が近くなる。聞喜から運城までは平野だ。

六時頃、運城に着く。城は大きくかなり綺麗な処だ。師団司令部前の宣撫指揮班*に行ったが、□は居なかったので半田君に会い、娘子軍のことをたのむ。半田君が淋しいので運城宣撫班へ行くつもりだったのをやめて、半田君と語る。

＊　宣撫班は、北京の本部の下に師団ごとに指揮班をおいていた。

運城指揮班内部の面白からぬ空気

八月二十二日

指揮班内部の面白からぬ空気を知る。指揮班へ松本氏が帰って来るそうだ。彼と半田君との折合い悪く、どうにもならないらしい。指揮班へ満鉄の人間一人入れるのを力説して、内の班長を推す。

半田君へ、第三八班へ来る様に言う。梶野と二人で運城班へ行き佐藤君にも会う。宣撫班班長級の人的要素の欠乏をつくづく知る。現在の宣撫班の進行して行く方向へ、案外二〇師管内の内地から来た宣撫官が鈍感なのを知り、これにたいするきたい薄らぐ。

すでに色々と話されている指揮班の連中を相手に話しても解らないが、然し感じているだけはのべた。

半田君とはよい友達になれるかも知れないと思う。

八月二十三日

朝早く運城を出発するつもりだったが、聞喜の班員との約束で待っていたら帰るのが駄目になって失望する。運城の班に行ってとまることにした。佐藤君が非常にもてなしてくれるので有難かった。

指揮班で候馬に於けるコレラが非常な勢いではやっているのを知った。引きとめられたが、帰るようにする。これ以上、大きな事も言っても仕方がない。黙って人のやることと喋ることを聞いていた。

今後、自分がどうして行くか、方針が決定しない。九月の人事異動で哈爾浜へ帰れる時は帰るが、自分から進んで帰りたいとも思っていない。

半田君に来年の今頃まで居るようにと頼まれたが、それには承認をあたえて来た。

八月二十四日

運城へ来て、塩池も見ないで帰る。朝早く出発した自動車で安邑の少し先きまで行くと雨のため道が悪くなったので、途中で自動車が引き返すことになった。仕方がないので聞喜の班員と二人で聞喜迄、歩むことにした。外に危険なこともないだろうと思って、水頭鎮迄行って、水頭鎮でこの地方の状況を聞くと、大してよくないから行くなと止められた。昨日も兵士が一人やられたと言ってとめたが、急いでいるので歩み続けることにして進む。然し六里の道は少々つらい。あたりの景色は水々しく日本風景に似ているが、これにたいする美より足のつかれが先だっている。聞喜に着いた時はさすがにまいった。

村上班長と会って十二時近くまで話す。だが言いたいと思ったことについては一言も言わず、村上班長の理論を聞いていた。その理論は近い内に矛盾に会い、行きづまるだろうと思う。

八月二十五日

聞喜を出発すべく、駅に行きモオタアーカアを請求したが時間がかかるので自動車に乗る。自動車は候馬へ行くものは師団長の証明のないものはのせないと言ってことわられたが無理に乗り込む。コレラ多数派生の由、皆心配しているだろうと思う。

候馬に帰ると四五班の苦力が死んだので家の中は非常な消毒だ。街にいると消毒剤の臭が高く何とも言えない。死の街だ。派生者、三日間に約六、七十名との事、九割は死亡だ。この空気の中に居ると、何だか陰鬱になってくる。生きている喜びというより死を待つものの恐怖が強い。戦地に於いては病気にかかれない。

東日の記者、葛西氏が来ていた。コレラのため滞在だそうだ。よく話しが合う。大毎の地方版になにかのせるから原稿をかけとの事だ。書いてもよいような気がする。

死の街候馬

八月二十六日

陰鬱な世界。青空さえ、晴々と見ることは出来ない人間の心とは面白いものだ。

家が汚た《ママ》ないせいだが、皆心のどこかに影がある。患者が出たのでコレラに対しこだわっている。一昼夜から十二時間ぐらいの時間で死ぬ。この病気に対する手当はないものか。兵士でも生かしておくより注射して殺すと言う噂が街に広がっている。まして支那人*は。

指揮部隊の防疫の大尉が来て、支那人苦力の隔離病舎を作ってくれとの事だった。宣撫班員の病気に対する闘争が始まるのだ。幾多の死亡者、患者に接するため、予防注射をすべく考えるも、やはり注射してもしなくとも、同じとの事なので止めにして闘病することにする。気をこまかく、太くやってゆけば間違いはないと思う。

死の街を歩く。苦力の部屋を見る。島村君、新絳へ帰る。

＊　細井和喜蔵『女工哀史』（岩波文庫、一九八〇年）二五九頁には、大阪でコレラが流行した時、患者を隔離室に押し込め、余計な費用や手数を省くため、医師を買収して患者の飲み薬に毒薬を入れ殺害した例が書かれてい

る。気づいた患者が口をつむって飲まないと、手足を押さえつけて口を割り無理やり飲ませたという。注射の方がより簡単だろう。

新聞の原稿を書く

八月二十七日

新聞の原稿を書く。新絳籠城記念と思って思い出を書く。自分は心にもないことを書く、書ける癖があるのか、それともファシストなのか。最近、つくづく考えさせられる。

親父が見れば喜ぶだろう。それのみによって色んなことに対していっている。これは主義に生きるとかなんとか言えない自分を知る。然しやることは一つだ。これに向かって進みたい。日本、日本、これの戦争に対する主義はあきらかな所だ。これを信用してゆくより外に人々はしかたがないとあきらめている。私はそうではない。

久し振りに詩を書いた。宣撫行とでも名づけたい。これもついでに新聞に出してもらうことにした。九月中旬の新聞に出ると云う話しだ。これを親父から結婚の道具につかわれたらたまらないと思っている。国策に対して語りたい。然しこれは書けないだろう。

八月二十八日

朝、班長来る。だしぬけなので驚く。中村君病気だ。苦力の件について鉄道隊より打合せに来る。この班は自分一人でやってゆけると自信あり。新絳に於いて大した仕事はないのだが、苦しむのは自分一人でよいだろう。

中村君も帰すことにした。明日は皆そろって新絳見物することにした。葛西氏、樋口氏、中村君、内の班が三名、六名の旅だ。正式には抜け出すことが出来ないので、脱出だ。スリルを感じて面白し。

コレラは其の後、依然たる状況だ。

班長は話相手がないので淋しがっていたが、新絳へ帰ってほらを吹く気にもなれない。国家革新論も今しばらくやめにして静観すべきだ。哈爾浜への返事。少し考えさせられる。佐々木兄へはすまぬと思いながら。

樋口氏酒に呑る

八月二十九日

八時出発。城門はうまく脱出す。新絳への道を久し振りに歩む。途中、白店鎮にて西垣大尉の碑の前で一枚写真を撮る。師団経理部の自動車が来たのでそれにのり新絳へ着く。汾河の流れを前にした新絳城はさすがに美しい。入浴後、街を歩く。樋口氏、葛西氏と三人で。今日は経済工作の小田、角井二人が出発するので送別会がある。待望の鳩を食う。ここに来れば空が晴々として美しい。西瓜を食う。梨を食う。林檎を食う。候馬と較べると極楽だ。葛西氏もこの風景を愛でながら写真をぴたりぴたり撮っている。

樋口氏酒に呑る。これを見て大したことはない。口ほどの人間でないのを知る。人間は近くみれば、よくその本性を現すものだ。

北九州人の座談会

八月三十日

民家と工場（霍洲市の農村部）

今日帰る予定だったので梨や林檎を腹一杯食う。昼過ぎ、北九州人の座談会をやる。これも大毎にのせるのだ。*自分は主として支那人に対する日本人の見方の変換をのべる。

新絳の空気はすがすがしい。こんな処に居ることは非常な喜びだ。夜、裏庭から見ていると南方の各部落に火ののろしが上がるのを見る。支那軍が近づいている最近の情勢なので、再び五・六・七月のような事になるかもしれない。明日帰るのは少し考える。午前一時頃、明日のため、密偵をつれて候馬街道をさぐらしめたら、狄荘に居るとの事だった。

警備隊との連絡の上、これに対する方策をするが、明日は無理でも帰らねばならないと決心する。

警備隊橋本君の写真を撮る。

＊　九月十七日の「大阪毎日新聞」の「福岡版」に「若人達よ北支の土になる覚悟で来い」という見出しで、北九州出身、七人の座談会記事が掲載

されている。

八月三十一日

八月も終了に近づいた。今からの生活に不純なものが来るのを知っている。我々としてはこれ以上、これ等の生活に耐えることが出来るか出来ない、それは自分自身で解らない。候馬街道を帰る。ぶらぶら帰る。馬車にゆられて。心は急いでいても、やはり身体だけは呑気みたいだ。

候馬脱出して相当の日が流れているので候馬に於いて探しているのではないかと気になる。よい天気だった。途中迄、土屋少尉の討伐隊と一緒だった。候馬鎮は相変わらず死の都みたいだ。コレラは依然たる様子だし、このままではどうにもならないだろうと思われる。

樋口、葛西両氏も大いにほらを吹いて元気だった。葛西氏は明日帰ると言っている。大毎の地方版に自分の書いた奴がのるそうだが、やっぱり嬉しい様な気がする。ファッシストと見あやまれるのは必然だ。

社会改革について葛西氏と激論

九月一日

九月、今日、石家荘に於て指揮班長会議があるということである。この結果を待てば、自分達の動きが解るだろう。何処へ行くのか。多分、哈爾浜へ帰るのだろう。

朝から雨だ。葛西氏出発延期だ。

元気一杯の如くふるまえど、どこかに無理がある。又、呑気の如くよそおえども気がいだいだしている。ボーイなどをなぐる日が多い。何の原因か解らない座敷牢とはこんな風の気持ちではないかと思う。自由に似て自由にあらず。

葛西氏と激論す。社会改革の運動の現在情勢見透し等について。我、老いたる感深し。

何よりも異性をしたう気の強くなる。通俗雑誌の読み過ぎであろう。甘い感傷にひたりたい。女の腕の柔らかきにいだかれている如き、□との腕。

九月二日

葛西氏立つ。善良なるジャーナリストよ、そして日和見的なプチブルジョアよ。さようなら――そうつぶやいている心には自分をせめている気持ちが強い。佐々木氏も心配しているだろう。何故か流れるままに流されたい。現在、あゝ我は。ひたぶるに異性を恋う。ふと思う。故郷の数々の人々。あの人の瞳。あの人の微笑み。ちらと見、何等語りたることなけれど、胸に残る名の数々。あゝ我はロオマンチストなり。

進む、進む、ひたすら進む、それより外に道はない、ここまで来た以上。

「武士道とは死ぬことを見つけたり」。これによって規定された男子の世界を思う。生きている喜びより死ぬことの容易な世界のなんと甘美なことよ。

九月三日

上海紡績の新任者、梅林氏の名札を持って訪れたので、彼等が缶詰になるのは可哀想だから色んな便宜をはかろうと思っていると防疫部へ泊まっているので駄目になった。

慰問袋をもらった。慰問袋は上紡の女事務員らしいものが送ってくれたものだった。樋口氏達が横禮関へ立つので、何も御馳走もなく困っていた処なので実に嬉しかった。果物の缶詰など、特に山海の珍味、都会に帰ったような気がする。あまりにも嬉しかったので舟橋八重、石野とみ子両氏に感謝の手紙を書く。

連絡者を新絳へ送る。

明日からいよいよ力を入れて仕事をしよう。

九月になってもコレラは依然たる状況だ。九月にもなれば、いささか寒くなる。今度の異動で帰ることは出来ないだろう。冬支度でもやらねば寒くなるぞ。

苦力監督も相当のものだ。太原より枕木を各県長に命令で収集するように言ってきた。（電報だ。なにか急ぐ。西安でも攻撃するのだろう）

共産軍の根深い力が是非みたい

九月四日

漢口が落ちたのを聞く。いよいよ西安だ。二〇は西安方面を攻めるらしい。一四の一部はこの地方の山岳地帯に入っている。想像では河津方面よりと、潼関方面よりと二方より攻めるのではないかと思われる。一方に力をそそぐ風をして、その間に一方を攻めるのではないか。潼関が重要地点だ。これから前進につぐ前進ということになるだろう。我々の行く道は解っている。冬を越して、春、帰れるものか。これも想像出来ない。早く行くものなら西安へと進みたい。ここに入れば生命は保障しがたいだろう。然し、最も共産軍の根深い力が住民にしみこんでいるか、それが是非みたいと思っている。

陝西省。そこには大きな時代の渦巻きが渦巻いているだろう。矢表には毛沢東、朱徳の最有力者が立つのだ。この一戦こそ、支那をかけての戦いとなるだろう。

苦力賃の計算に食い違い

九月五日

漢口が落ちたのは嘘らしい。それと同時に西安攻略もどうかと思われる。橋本君、馬車と共に経済工作の連中を迎えに来てくれる。駅の前に行くと経済工作隊の上海紡の山西出張所長が来ていて梅林氏の紹介状を持っていた。藤田氏を早速、その連中と一緒にして新絳へ送り出す。

苦力賃の計算に食い違いが出来《ママ》きて、約四十円の欠損となる。工作費より支出する以外にさくなし。平凡であり苦しんでいる自分だ。こんな風な生活だったら、すべてをやめてしまいたい。何をやるにも気力と情熱だ。

何となしに恋がしたくなった。火の様にもえてみたい。黒い瞳に浮べる涙のおくそこに真珠ありと思っている内が花なのかもしれない。

ふるさとの思い浮かぶ　野にも花は咲き
遠く燃ゆる野火の如く　戦場にも花は散る

寒さ増しくる風の吹き初めたれば　　人は餓えて蒼みたり山西の果

九月六日

第一兵站。今度二〇につく。新しい兵站の将校連中が来て、この地方の住民、及、動向を聞きたいと言うので一席をやる。日本軍の欠点と思われるとこを素直にのべる。これからの人間は非常に苦労するらろ《ママ》う。この人々はとても感じがよかったので案外物を言う気になった。

壁の落書きをみて驚いていた。　一、我等は常に人類大理想の先駆者たるべし。　一、我等は先ず大亜細亜の建設を誓う。　一、我等は人類のあらゆる業績の遺産を学びとり進展せしむべし。　一、我等は理想の下に死するを光栄とす。　一、我等は鋼の如き意志を以て、大理想の貫徹を誓う。

驚くやつは驚かせてやれ。こんないたずらをする自分になっている。班長と太原特機電の枕木の件について打合せす。班長より漢口が落ちないことを知らせてくる。いさいさ我が言の早計なりしを知る。

九月七日

県長帰来す。曲沃の班長に太原特務機関の電報についての其の後の処置について打合せする。

太原、石家荘方面に於いての情勢について曲沃班の遠藤氏より聞く。妹遠藤せつ子氏の慰問袋よりの本を見る。吉林総務課長室のタイピストだそうだ。

内地新採用者が明後日あたり臨汾に着くそうだが、これがくれば異動があるだろう。今後、哈爾浜へ帰れるや帰れないは別として進む方向へ進んでゆけばいいのだろう。

雨が降る。いやな天気だ。このままに雨が続けば寒くてたまらない。冬になって各城内共にあれるのを思えば実に寒心に耐えない。日記書く筆もつたない。思えば子供じみた事ばかり書いているのに気づく。頭がぼんやりしてくれば、こんなにまで愚かな文を書きつづるのかと思えば淋しくなる。都会に帰っても同じ状態だろう。弟の学費ぐらいは出来たし、弟を哈爾浜学院あたりへいで《ママ》ようかと思っている。

九月八日

県長を帰そうと思ったが出来なかった。道が悪いので明日になるのだ。鉄道隊と連絡を取る。枕木の件について。赫があまり淫売買をして困るそうだから自分の方へもってき《ママ》ようと思っている。其の他の件については明日、帰った時、班長と打合せをする気だ。

八月十八日の東日*を見ていると、渋川暁民のことが出ていた。珍しいしなつかしい気がする。文芸にどんな作品をのせているか読んでみたい。龍源寺とか言う小説集を竹村書房から出したそうだが、渋川氏の手紙の文句が浮かんでくる。自分も後れないで進んでゆこう。政治と文学、この二つを両立してゆこう。文学は批判家でも愛好家でもよい。読んで読んで読みぬいてゆこう。これが次にくるものへの勝利だ。

＊　東京日日新聞。

九月九日

兵站のトラックで県長と新絳へ帰る。一個分隊の援護だ。班長と久し振りにて会う。班長いさ《ママ》いさのつかれみせ苦しんでいる様だった。話し相手がなくて困っていると愚痴っていた。ここにいる連中は皆元気がなくなったようだ。中村君は病気だし、島村君では班長の気持ちを引き立てることはできまい。帰って新絳にいたいと思う気もないではないが、候馬鎮に適当の人物がないかぎり自分が行っていなければならないし困った。人をしることの出来ないのはいささか淋しい。内地新採用の宣撫官が二〇名程、候馬鎮についたそうだ。二、三日すればこの班にも来るだろう。それを待っているのみだ。手紙も来るだろうし、其の他、色々の情報も入ることだと思う。しきりに人を恋うる。――――何か物寂しいとでも言いたい気持ちだ。

二三才の年も暮れてゆく。これで二三才の歴史が煙の様に淡いものとなってゆくのかと思うと、青春もなく、燃ゆる焔を胸にいだきて、かれてゆく、かれてゆく。一人で居ると諸々の雑念がわいてくる。支那民族の起ち上がる力に一つのあこがれを感じる。今や支那は一つに団結して来た。それは国共合作とか言う政治的問題でもなく、又、蔣介石がどうのこうのと言う個人的問題でもなく、政治軍事的圧迫にかんぜん起った新しき支那であり、青年、若い、そして激しい新しき思想により代表された支那なのだ。

工作ビラをはる

九月十日

仕事に対する熱意なし。心なしかぼんやりとしている。候馬に於ける色々の仕事はうまく行かない。どうしても思う様に行かないのだ。区長と協議中、区長をどなりつけておいかえす。あとで悪い事をしたと後悔す。

四五班の連中はどうしているかと思っていたら、新配属の四五班の連中が二人来た。佐賀と大牟田だそうだ。元気よく張りきってきているが、これからのちどうなるかと思えば実に可哀想だ。腰の剣等物々しいだけに一そう軽いような気がする。内地からこんなにくるなら我々も帰る時が来るのだろう。あじけない思いだ。

工作ビラを駅を中心としてはる。コレラの為、うまくゆかない工作をもてあましているとも言えるし、又、それを呑気に遊んでいるとも言えるのだ。

寒さが増してきたし、これからの生活が大変だ。燃料はないし、又、家でもこわしてあたるのだろう。行政割画の違うのでどうしようとする方法もない。どうかもっと違ったものであってくれるとよいと思う。

むしろこの地方は好きだ

九月十一日

運城方面へ下る第一兵站の少尉連中、四、五名、このあたりの状況を聞きに来る。のべつなくにまくし立てると驚いていた。この方向に対し、山西は特に人に悪い感情を与えているだし《ママ》いが、自分としては最初から山西に居るので何等特別に悪い地方だとも思っていない。むしろこの地方は好きだ。警察隊の若い連中なんか、自分に対し特別の親しみを抱いているようだし、その他、この地方の人間性も非常に好感がもてる。

人間と人間として接してゆきたい。日本に居る連中の支那に対する認識のないのには驚くが、我等いろいろの障害をのりこえて、この認識をはっきりさせねばならないと思っている。
皆、すくすく伸びてゆく余地がありながら、成長してゆかないのは、日本資本主義の発展が大きすぎて巨大なる重圧でもって日本の政治理想を押しつぶして進んでいる、このありさまを傍観している人々の集団のみじめさ。

事務引継のため、新絳へ帰る

九月十二日

新配属の宣撫官が来るのをまっている。来れば新絳の方に引きあげようと思っているが何時までもきな《ママ》い。

四五班の中村君来る。マッチ工場の接収員来る。新配属の孟県、曲沃方面の連中五名来る。いずれも九州だが、なつかしい言葉の数々だ。そして九州人特有の「俺が根性」だ。悪い方向へ進めば官僚気質だ。四時頃、新絳より班長、北京へ帰還を命ぜられる電来るとの通報に接す。事務引継のため、新絳へ帰らねばならない。

明日にしようと思っていたが、やはり気がせくので、七時過ぎ、暗くなった頃、自転車にて警士一人をつれ帰る。警備隊よりとめられたが、行けるだけ行く気だ。しかし自分であまり気が進まないので少々怖しかった。一時間半ぐらいで新絳に着く。

班長と会う。班長、涙ぐみて喜ぶ。何とも言えない淋しさ流れる。喜びの意を表す。半年の間、共に生活していた我々だ。生死共に誓った我々だ。感慨胸を打つ。

古巣へ帰った気持ち

九月十三日

一日、あわただしい日を送る。電灯がついているのを見ると、何だか古巣へ帰った気持ちだ。平野虎雄よりの書簡に接す。こんな風な人より手紙をもらうとは予期しなかった。不思議だった。然しひらいて、その手紙が一つのヒロイズムに対する愛好から書かれたのを知ると、こんな風な文章を見るのがいやになる。其の他の書簡が来ないのが残念だ。後藤はどうしているかしら。その妹の末子さんは松尾さんのお嫁になって行ったのかしら。あの人ならしっかりしているし嫁にもらってもよいと思える様な気になる。

班長とは其の後のことにたいして何もふれあわない。お互いがおそれているのだ。近づいて日をきけば不用意な愚痴になったりするのを男として行かねばならない方向へ進んでゆく。これに対して何とも言えない。

班長は自己を卑下して苦しんでいるようだ。然し今度の行動に対しては弁解の言葉なしに黙って行ってもらいたい。新しい出発に対して自己の決意を固めてゆるぎない木像の如き力を有してもらいたい。それで俺は班長に何も言わないでがんばっているのだ。言いたいことは常に言った。それを知ってくれる班長だ。決意は常に我々にあり。

七　班長代理―九月十五日～十月十五日

班長、出立

九月十五日

いよいよ班長と一緒に新絳を出発する。何か冷淡な空気が流れている。半年も居て、なお泣いて別れようとする支那人が居ないのが、我々の工作の効果が現れていない実証だと思う。

班長、十二時の汽車で立つ。黙って送る。何も言う気がしない。沈黙には最大の悲しみがふくまれているのだ。生別、又、兼、死別。我々の心を叩く悲しみはそれだ。

いよいよ一人になった。やる事に対しては自信を持って進んでゆくのだ。血をそそいで一つの花でもよい、大きな芽を出させたいと思う。

一人をつかめ。それが最も大きな闘争の命題で、思想は武力より偉ぐれている。千万人とも我れゆかん。武力に対してはかならず反抗が生じてくる。強くなれ、強くなれ、行き着く処こそ人類の幸福にあるが。

理想を論ずるなかれ。理想を闘いとれ。

資本主義の不当なる進出に対する監視の任務

九月十六日

身体から若い血が抜け出てしまったようだ。一人、室の中に居ることが恐ろしくなるほど退屈だ。仕事に対する情熱ほど我々を救うものはないのだ。現在、この空漠なる心は一つの友を失える悲しみなのだ。四五班の中村君、田中君、曲沃の遠藤君来る。班長会議の結果では、満鉄社員は原所属、又は北京事務局へ引き継がれるため、各人の希望をとりにくるようにするそうだ。近々そのため連絡員が来るとの事だ。自分の進路は哈爾浜へ帰ることを、それのみになっている。だが心に色々とわだかまりがあって、割り切れないものがある。正しい仕事、資本主義の不当なる進出に対して監視する任務があるはずだ。どこまでもこれを忘れるな。山西の土地に於いても、これ等の色々の不正が行われている。これを一番早い方法でたたきつぶさなければ正当な発展を新政府はしてゆかないと思う。

中村、田中、遠藤等の連中、不愉快なり

九月十七日

中村、田中、遠藤等の連中、不愉快なり。面白くない一日を送る。連中と話しをしていることは救われない淋しさを味わされる。くだらない女の話しばかり聞いていると、むしょうに怒りたくなってくる。曲沃の連中は少々、特に面白くなし。

昼過ぎより新絳へトラックの便があるので帰る。帰り着いた時、丁度、候馬へ満鉄社員の帰属調査の電報を持ってきていた韓有と会い、電報を受け取る。

中村君、原所属帰還の希望なり。彼は病気診断書を所持しているので、それにより至急帰すことにして、運城に交渉に行くことにする。

班長代理として仕事を受け継いでいる以上、色々のことを忙しくやらねばならないのはいやだ。自分も原所属帰還と決定す。大分考慮したが、現在の自分としては、哈爾浜へ帰る以外道なしと思う。例の事を想えば気が暗くなる心地する。

九月十八日

一日一日が胸の底をえぐるとる《ママ》ような退屈を感じてくる。生きているだけがもうけものだ。それをすてて何が残る。そう思うと、表面だけは華々しく見えるこの仕事の裏面は嘘で固めたいやな暗いもので満たされている。

口では大亜細亜建設を叫び、人に対して善導してゆくような形であるが、これは蓄音機の廻転とどれほどの相違があるのであろう。燃えあがる情熱によって仕事を求めている。苦しみにひたひたとうちよせられて、笑いきれないみにくさを抱いている。生活の中に理想を建設してゆこうと思う道は実に困難だ。

自分自身のみにくさを鼻持ちならないものと考える。活動してゆくエネルギーを失った人間はみじめである。失墜してゆくみじめさを見つめている。空に星が輝いている。星が希望のシンボルであった時代の生々しさをひたぶる、なつかしんでも帰らない。

周保通が満州へつれて行ってくれとたのむ

九月十九日

運城へ立つべく準備をして駅へ出てみると汽車が出たあとだった。ほのかに空に煙があがっている汽車のわだちの響きを呆然として聞いていた。中村君の将来のため、一日も早く運城へ行って決定してやりたい考えで一杯だ。

今日も候馬鎮の臭い庭の中で遊んでいた。周保通が満州へつれて行ってくれとたのむ。まことに可愛いものだ。自分は人をひきつけるなにものかを有しているらしい。支那人でも、言葉が解らなくても、近づいてくるものがたくさんいる。偉い方々よりも、青年達がひどくなついてくる。治安局の警士達は自分に一番なついている。自分がここを去ることを悲しんでくれるのも彼等であろう。彼等はどこ迄も自分を愛してくれる。そこには人間として共通点があるからであろう。たれよりもぬきんでて進みたい。そのためには微笑が一番大切だ。

一歩一歩、理想へ近づいてゆくと共に、自己に於ける個性のなさが目立ってくる。

九月二十日

朝早くより駅に出て行く。旅はとにかくうれしいものだ。うっとりと空の美しさ、草のみどりに引きつけられる。はじめて見たもののように新鮮だ。大きな声で叫びたいほど。

秋の風がつめたく吹く――――。汽車の脱線で一時頃出る。のろのろと前方の山へ近づいて行く汽車。

圧倒するように山が目にしみてくる。

　兵士達のやるせない無駄話に耳をかたむけていると、郷愁を感ずる。ユーモアのないところは、言葉はない。身に危険が迫ってきても、やはり人間はユーモリストでありうるのである。死もそれ程恐ろしくなく、戦場も悲惨ばかりでない処に、なお人間の悲劇を感じる。山の中でチェッコで撃たれる。のんびりかまえている。それより外に仕方がないのだ。

　聞喜で村上さんに会う。中々の元気だ。新配属の連中に会う。三十ぐらいの連中だ。下村、堀氏の二人だ。何か期待をうらぎられたる感あり。隔離されるかと思っていたらされなかった。

運城で松本氏に会う

九月二十一日
　朝早く、村上さんと別れて自動車のところへ行けば走り出して、とうとう乗り遅れた。やけくそと思って飯を食いに村上さんのところへ帰って出直してきた。十一時頃の出発だ。昨日は安邑と運城間を約四時間かかったそうだ。一里の間にそんなにかかられてはたまらないと思っている。一度、見なれた景色だ。それも歩いて通った処だけに親しみが一層出て来る。
　夕方、運城の班についた。松本氏に会う。噂に違いない不愉快な人物だ。こんな風な人間によってこの管下二〇箇班が指揮されてゆくのかと思うと腹が立つ。
　半田君がいないし、佐藤君がいないので淋しい。新配属の連中がごろごろしていた。日本から来た連中がいやなはりきりかたをしているのを見ると、島国根性とでも言うか、官僚型とでも言うか、そんな複雑なものを見せつけられていやだった。

中村君の件はうまくいった。聞喜は戦闘司令が出ているので、そこで李中佐にあって決定すればよいのだ。

松本の奴が班長になって出てもらいたいと言ったのにはしゃくにさわった。

九月二十二日

今日、連絡の宣伝文がくると言うので待っている。本部の我々の帰属関係について調査に来た連中がきたので聞いてみると、来年の三月頃になるらしいとの話しであった。

それはそれでよいとして、我々はどこまでもこんな風な生活を送らなければならないかと思うと憂鬱になる。

後藤から手紙が来た。彼も兵隊を何年やるつもりなのか解らないが、そうさせられているのであろう。我々も彼も、結果は同じだ。小さな一小部分の不平とか不満とかはどしどしおしつぶされていっている時代だ。

明日は立とうと思う。こんな処に長くいるのがいやだ。古屋君、増田君、小野君などはよいが、外の連中は駄目だ。

東築中学を出たのがいたが、これが又、我々とは、はるかに遠い存在なので何も言うところがない。年にひれいして年寄りにみられるのでいやだ。

関帝廟（運城市）

佐藤宣撫官と意気投合

九月二十三日

七時出発の自動車にて運城を出発す。自動車上にて寒さにふるえる。朝風が身にしみる。あゝ秋だ。草叢も秋らしい。黄ばんできた。南方の山が紫にひっそりと立っている。支那遊撃隊を数カ師所有している、その山懐を思う。聞喜へ聞喜へと心は走っている。戦闘司令に行って早く李中佐の印をもらいたいものだ。中村君の喜んでいる顔がみえる。

聞喜は戦闘司令がいるためか非常に緊張している。村上さんに会って、李中佐の宿舎を聞く。李中佐と会うべく、きたない民家、師団司令部の中に入ってゆくと、李に会えた。早速、許可と反蒋運動についての指示を受けた。

明日は早く立ちたいと思って時間を見ると、十二時の汽車にのれるので、村上さんに別れを云って駅へ急ぐ。候馬がなつかしい。兵士達はみなたわむれて呑気にしている。東鎮に一〇八の戦闘司令があって宣撫係の鈴木参謀がおりていた。

候馬には佐藤宣撫官が来ていた。北支事務局に行くか、それとも原所属に帰るか考慮中と言って、松本のことでとても憤慨していた。これからは面白くなるだろうと思う。佐藤君とは一緒に仕事をしてゆきたいと思っている。

中村君の送別会

九月二十四日

佐藤君が運城へ帰る。佐藤君も苦労しただけあって、中々の快男児だ。彼を班長に迎えてもよいと思っている。その他に適当な人物がない。東京に長く居ただけに歯切れもよく、面白い話し振りだ。人を引きつける処がある。

新絳へ歩いて帰ろうと思っていると、途中で井上、藤田、山名三氏に会い、馬車をかりて宣伝資材を乗せて帰る。小春日和の暖かさだ。ゆっくり馬車一台を急がせているとなんだか眠くなる。

新絳について中村君と話す。明日にでもここをたって石家荘へ行ってもらいたいのだ。

早速、送別会の準備をする。納屋中尉、与那嶺中尉、小西軍医等来りて中々の盛会なり。座中、班長を送る日の如く感激に燃えあがるものはなかったが、きわめて静かにやる。静かであればあるだけ別れと云うものが淋しく感じられる。

満鉄社員はいよいよ自分一人だ。おしきって進まねばならない時に達した。自分一人でゆうゆうと力量をためして進んでゆかねばならない。真正面から多くの人にぶちつ《ママ》かってゆく時が来たのだ。

三十三軍四二六団の団長宛、合流勧告文

九月二十五日

今日にでもたつつもりでいたが、考えると反蒋大会をひかえているので出来るだけこれが終わって帰ることにしたいし、又、中村君もこれがしまえて帰ってもらうことにする。三十三軍四二六団の団長宛、山中氏と一緒に合流勧告文を出す。これが団長の手に入れば、三林鎮の紡績工場で会って話したい。これに対する自己の感想をありのまま書いたので、この文章だったら成功するかもしれないと思っている。

反蒋大会の準備のため、県公署の斯と打合せをする。夜は一緒に中村君と寝ることにする。宿舎に夜具なく自分のところに来た感じがしない。

四二六団の団長と会うのは生命掛けだ。自分は人間として誰もを一視同仁している。そこ迄、自分を信じてもよいと思っているが、この今の気分なら誰でもを自分と同じ心境に引き入れることが出来る。然しこれは山西軍最初の合流工作だ。成功すれば大きい。彼等の心境を書きたいし、知りたい。それの交渉の結果は第二だ。

支那民衆を愛する一箇の人間として自己と彼等の中に共通のもだえがあるのではないか、それを知りたいのだ。返事の来ることを心より待っている。

孟か団長の返事

九月二十六日

反蔣大会の仕事の分担をする。それによって各個のやり方を決定してもらうのだ。師団宛、二十九日に行う様に電報を打つ。

密偵二人、孟か団長の返事を持ってくる。十月八日に三林鎮にて会うという返事を持ってくる。これで一安堵だ。対策をねりたいと思うも、今はなぜか気が乱れて本当にぶちあたってゆけない様な気持ちで一杯だ。自己を信じたい。会えば火を吐くであろう、そんな昂奮の感情は不必要だ。静かに大きな一切のものを包んでしまう柔らかさをもって会いたい。一つのことに向かって考えればよい。一点に向かって凝視することが必要だ。

あまりにもあわただしい時世に彼等と話す、彼等の心の中には、ありふれたみにくい人間があるのであろう。破裂することもよい、又、成功もよい。あるものは空漠々だ。

斯が中村君への贈物をもってくる。唯、広げられたものは、何の感激も感慨もない一片の布だ。それには六ヶ月の班員の苦心に報ゆる誠意はない。ここに幾度、何月いても、表面だけしか手を握ることの出来ない、あわれな因果関係がある。国と国、日本と支那の将来を暗示するような――――。

反蒋大会の準備

九月二十七日

雨が降り続いて寒い。秋冷とはこれか。心もこれに似ている。はかないのは人間の心だ。これを強くのばすのには長い時日を要するだろう。降りそそぐ雨をみている心、人間のうれいは一つに合う時があるのだろう。似た様は、つめたいものわびた空をうつしている中村君の瞳とあう。

詩を忘れて幾日。その日、その日をあわい詩のようななつかしさで送っていることが、なつかしいもののように心をよぎる。白雲もあるときは悲哀を、ある時は喜びをのせて浮かんでいるように。

指揮班長より電報来る。松本の馬鹿がわけの解らない電報をよこすので困った。

今日明日のことを感じるつまらない自分の心に、やるせない、茶碗一つ破って、あるあきらめを感じる。

反蒋大会の準備は大体出来たが、これに合致した民衆の熱なんか一つもない。

民衆の熱意ある運動を巻き起こせ――。

そんな命題は何の役にも立たないのだ。現在は強力な中心的な機関が動員運動を始めてこそ初めて強力なるものが遂行されるのに、これは又、変な闘争命令だと思う。

自分の送別会

九月二十八日

豚が朝、宿舎に逃げこんで来たのでこれで一つ料理を作ろうと思っていると、持主が取りにきたので失敗。それで家でやしなっている豚を殺した。今日は自分の送別会という処でやっていると、色々と面白いことがおきるだろうぐらいの気であったところが、経済工作隊の連中が餞別を持ってきたのは閉口した。今さら嘘だとも言えないし、又、他の連中が嘘と言っても本当にしないので困ってしまった。とうとうその餞別なるものをもらう。大枚二〇円也だ。

その他、酔った山中大人が、皆が帰った後、昂奮して経済工作隊の管理紡績の中にある在庫品、白メン三〇〇〇袋のことについて又々言い出した。これにはまったく軍管理工場の本当の内容がわからないだけ、つきこんでゆけないものがあるが、出来ればボッシュウしてしまいたいと思っている。これで貧民救済でもやればよい。一、三井財閥のために、これを秘密にすることはない。これを徹底的に調べたいと思う。

山中氏初め、酔えば大言壮語するが、その他の時はいくじのない態度の連中が多いので、何とも頼りにならない。特務機関のボウリャクあたりではこれくらいだろう。

文章だけの反蒋大会

九月二十九日

いよいよ中村君とも別れだと思うと淋しい。自分と一緒に半年の間、それも自分の言う通り動いてきた人間だけに感慨無量なるものがある。

反蒋大会の仕事は何も大したことなし。やっていることそれ自体に熱意がないのだ。葬式でもやっているみたいなあわれさだ。旗が弔旗みたいに曇空にのろのろと動いている。これがデモストレションだとするとあわれと言うもおろかなりだ。

文章だけの反蒋大会、正に時代は文章時代だ。怪文書でも飛ばないのが目つけものだ。熱をぶちこんでやってもおしたらおしたまま、柔道でも押してそのままぐんなりと引き下がられるとどうすることも出来ない。かえって相手に不気味さを押しつけられて引っ込みがつかなくなるようなものだ。笛吹けども人踊らず、この感深し。本格的な運動はこんなところから出発してゆくのではない、もっともっと深いところに根強く存在しているのだ。悲しいかな。日本にはこれだけ国際性を持った指導理論がないのだ。

九月三十日

秋冷の朝、寒々とした風が吹き、曇った空は別れを一層冷々としたものにしている。中村君と一緒に馬車で候馬鎮へ向って立つ。下村、堀、山中氏と同行だが、じかに身に近いもの悲しみをかみしめているのは自分だけだろう。

　これで同僚社員は去ってしまう。残されたのは自分一人だ。まじりけのない清々しい気持がひたひたと胸をうつ。高梁畑を通り麦畑の中を進んで行く。張王村の坂をのぼると広い平地だ。牧場のような草原だ。耕すもののいない土地は百姓の帰ってくるのを待ちわびているだろう。何処迄も何処迄もがらがらとゆられてゆく単調な馬車の上で、ゆすぶりあげられてゆく望郷がある。

　去るものと、残るものの短い言葉がのべられると汽車は黒煙をのこして去ってゆく。

　誰と別れるときでも手を振ることをしない自分の心を、黙ってつったっている自分の心をいとおしんでいる。

　中村君の顔が遠ざかってゆく――。空。

　一夜、候馬で宿ることにする。今迄、日本人が居なかったので、赫が淋しがっていたであろう。新絳からくると一層、この村は果てしない哀愁につつまれているようだ。なすこともない平凡さ。その中にいる人間達の可哀想な顔を思い浮かべながら笑っている。

　鉄道隊長より付近の部落から野菜物でも集めてもらうように頼まれる。

住民の帰来工作

十月一日
　兵站に糧秣を貰いにゆくと、兵站支部長が住民の帰来工作について警備隊長と打合せがすんでいるので、一つこれからやってくれと頼まれた。それと共に鉄道愛護村を結成しなければならないと思う。

とにかく帰順工作のことがあるので新絳へ帰る。馬車にゆられゆられつゆく、この退屈さに無関心になっている。又、これがいやなら歩んでゆかねばならない苦労、苦しみに退屈はふきとばされるかもしれない。ごっとんごっとん凸凹道を帰る。

仕事があれば面白いが、今の状態では何しているのかさっぱりわからない。班長決定について、運城の佐藤君をもらえるようにたのむ。松本が佐藤君を目の敵にしているので、多分くれるものと思っている。

室を変ってふとんに寝ころぶと初めてゆったりとした気になるが、又、中村君のいなくなったのが空漠とした感じてある。緊張したいが、今のところ緊張するようなところもないし、こともない。これではぼんやりとしているより外はない。遊んでくえることはよいが、日本で皆が食うに困っている時代であるのを考えると、それも出来ない。

街は餓えた人間で満ちている

十月二日

後藤の手紙をくりかえし読むと、彼一流の友情がしんみりと心にふれてくる。奴も元気かなと思う。こんなうまい味のある文章は彼でなければ書けまい。書きながした肩のこらない、ありのままのことをすらすらと書いている気持ちのよい文章だ。

イガ栗あたまの後藤が、戦地へ出て来るのが面白く感じられる。彼程、無関心に見えて、物事に気をつかうものはいない。彼の部下は幸福だと思う。くりかえしくりかえし読んでいると健在なる彼と過去がぐるぐるとあわただしく廻る。今日はどうかしているなと思うと心にもなく目にしみてくる植木鉢の青さだ。深町さんは臨汾にたって行ったそうだ。又、慰問袋が来ると思うと楽しみだ。

胸一杯の大きな呼吸をして街へ出る。街は餓えた人間で満ちている。島村君は街では餓えた住民はいないで、みなわりに楽だと言う。こんな見方が出来るのも坊主だからであろう。

馬県長、斯秘書と話をしていると眠くなる。彼等は胸の中で何を考えているだろう。日本人が来れば日本人へ、支那軍がくれば支那軍へ、うろうろして早く彼等の手から抜け出て自分達の平和がくればよいと思っているだろう。個人的な幸福のみを。

十月三日

下の経済工作隊から改造、文春、日評、中公の九月号をかる。文芸の広告面に渋川兄の創作の広告が出ているので、是非読みたいと思うがしかたがない。又、龍源寺と言う単行本を出版したそうだが、それが好評であればよいと思う。渋川

明代の要塞：夏門古堡と汾河

兄とも久しく文通しない。あの頃を思うと卑怯な自分の胸にぐっとひびがはいるようだ。文藝春秋に渋川兄の創作が芥川賞の候補になったのをしって、そこまでのしあげ認められてきたかと思えば嬉しくなる。渋川兄の作品も「樽切湖」以外に接したことはないが、それから伸びてくれていればよいと思う。

夜、与那嶺中尉来って淋しいから酒をさげてきた。一緒に飲もうと言う。あんたも人間らしいところがあると言うと笑っていた。微苦笑かな――。

経済工作隊に行くと、みんないたので酒盛りをやる。宇垣が外相をやめたのを聞く。今後、時代は増々あわただしくなってゆくだろう。宇垣が何かのあっぱくでやめねばならない様になったのは、これを自由資本主義経済の時代の遺物が役に立たなくなったことを証明するのであろう。一日一日と深まってゆく日本の危機、大森義太郎*の「餓えてゆく日本」、その表題をぴったりと感じなければならないのだ。

＊　大正・昭和前期の経済学者。一九二四年以来、東京帝国大学助教授。軍事教練反対演説や小作争議調査などにより、二八年大学を辞職、評論活動に入る。雑誌『労農』同人。改造社版『マルクス・エンゲルス全集』刊行に参画。三七年人民戦線事件で検挙。保釈中の四〇年七月死去。

運命というものを否定する

十月四日

候馬へ島村君と一緒に出てゆく。「黄ダン」の診断をうけに出てゆくそうだ。馬車でゆられてゆくのも面白いことは面白い。運動している間は退屈をわすれている。白店村の前で、この前、地雷がかけてあったそうだが、今でもかけてあるかもしれない。これにぶちあたるのも、用心一つだ。

　運命というものを否定する。これはこの戦地に来ても同様だ。これを強力におしきっている。然し、運命的なものを感じさせられる時はある。然し、これも運命ではないのだ。神も同様だが、神を信ずる、神様と心に感じたことはない。このあたりは平気でいられる境地だろう。仏も神も、みな必要なものではない。戦地に来て、どんなことにあっても、これに影響されなかったのは自分としても偉くなった。

　一緒に来た馬車隊は帰りに地雷にひっかかって、三名足を負傷したそうだ。

　候馬に来ていると、何か平静なものを心に感じる。ここは自分の思う通りにやれるところだからであろう。

　自己の性格の弱さを完成させる。今からは絶対に人にゆずらないつもりだ。

村長会議

十月五日
明日、村長会議をするように第三区内の村長を集合するように使いを出す。
石家荘の連絡班の渡辺君来る。中々面白い男だった。遊びにかけて熱中している。そして一通りの常識家であり、熱血漢だ。こんな生き方も真面目一方の人間より面白そうだ。安東に居たそうだが、口だけは発達している。一つの見方で各班のことを話し、亘理氏の批評をしていたが中々うがった批評だった。
　警士連中に中秋節の贈り物の代わりに金をやる。韓有五円、周五円、李三円、王三円だ。これで皆、たのしく中秋節を送るだろう。

　真直ぐに中秋節になると哈爾浜のことを思う。哈爾浜の中秋節はゆかいな一日だった。満人の月に対する美しい感傷はゆたかな月の光に濡れて光り輝いているようだ。この思い出はどこ迄も美しいものだ。

　村長連中が金をもらいにくる。苦力もよく働いてくれる。これは非常に嬉しいことだ。村民達も働いてくれる。ここにはやはり理解できた互いの信頼があるからであろう。

　渡辺君がいやに呑気に話すので自分迄、呑気になってしまった。

村長と話した内容

十月六日
　渡辺君、正午出発す。村長会議をやるので大いにはりきってこれにあたる。約二十箇村の村長あつまる。彼等に対しては、演説口調ではなく、村のおっさん連中の愚痴不平を聞いてやっている息子、又は物知り、そんな態度で接する。一人一人、決して鈍重でもなければ、あわれむべき人間でもない。土のように黙然とした顔でいるかと思えば、たちまち談論口角に泡を飛ばすと言った様な、自分達の利益に関することには実に熱心に人を説き伏せようとする。日本でみる「おっさん」達の集まりと何等変わったところがない。みんな百姓としての共通性を有している。
　土は皆、このように、人間を一様なものに、性格に作りあげるのかもしれない。支那の土地も、そして農民も均しく同じ苦しみを苦しんでいるのだ。

突き抜けようとしてつきねけえない苦しみ、これをおしとおしてゆくには相手はあまりにも大きすぎるのだ。この相手を一気におしきってぶちたおそうとするよりも、これ等に圧倒されて、忍従のからに入ってゆく。

そこに農民達の生きてゆく人生観が生じてくるのだ。自然は人間の知識知能を超越してはるかに大きい。これに学問のない農民達はおしつぶされるのだ。そして常に運命を信じ、神を信じ、あきらめをつぶやくのだ。その生活が一人一人の村長の顔にくっきりとあらわれている。こちらが強く話せば、不平も愚痴一つも言わないで黙って聞いている。聞きながせばよい。その気持ちなのかもしれない。

この農民を相手にして、この支那大陸を相手にして、日本ははたして、この人々を同化させうるか、又、統率しうるか。これは決定しがたい問題であり、不可能である。あきらめが深くなり、重なれば、いつしか苦しみにたえきれなくなる。この苦しみの感情は必ず火を吐く。

村長と話した内容は、

一、愛護村の大切なる理由、その方法
一、不法徴発牛馬の出来ないように札をつける。村長より各村の牛馬名簿を持ってくるよう。
一、野菜市場の件
一、一日一信（情報）
一、帰来工作（避難民）
経済工作深町、漆間の両氏、臨汾より帰る。

その他、八六班*長蜂屋氏来る。検疫所にて隔離されるようになったそうだ。夜、二人で三時頃迄、語る。彼は大谷大学の出だそうだ。坊主だけあって、革新日本主義をといていたが、やはり必然によって来るべきものはそれを待つ方がよいと、日和見的なことを言っていた。彼等坊主達の口をきわめてとくところはそれだ。これによって今迄の色々のことは帳消しになった。百の論理をとこうとも、彼の言葉はこれによって消えたのだ。

彼は言う。現在の日本主義理論なき観念的なものを乗りこえた、現在日本が中外に示しているような行動を正当化すべく、これを外国人がうなずき理解するように理論だてよ。そのため現在の日本は、及び日本人は支那人よりも政治を知らず、真剣に考えていないと（これは自分でも事実だと思う）

＊　解県（現山西省運城市解虞県）駐在。

十月七日

雨、朝より降る。寒し。今日は帰順工作のため帰らなくてはならないので朝より馬車の来るのを待っている。

然し、馬車はついに来たらず。約束をはたさざる連中のやりかた憤慨にたえず。白店付近の状況が悪化しているが、約束は約束だ。帰るべく候馬を立つ。深町、漆間外、苦力一一人だ。雨をついて帰る道の遠さ。あたりは無気味だ。白店を通り越した時、ほっとした。地雷の跡あり。どこまで続くぬかるみぞ。歩み続けてゆけば長い。あたりを飛ぶ鳥の音にも要心して進む。

班に帰ってむかっ腹をたてて、人とものを言わない。こうなれば意地だ。一口も彼等と口はきかないと決める。後で話を聞けば、雨が降るから帰らないだろうとか言ったとのこと、言語道断だ。いろいろ心にわだかまりはあれども、ふとんに入ると自分の寝床だけはまったくよいものだ。ぐっすりと眠れる。

帰順工作は不調に終わる

十月八日

四二六団の団長来ずして帰順工作は不調だった。然しこれからも尚、気を長くもっとやってゆくことだ。

〝真裸の心〟、これは誰にも相通じるものがあるはずだ。一日中、山中、島村両氏と口をきかず。彼等如き人間とは絶対に仕事は出来ない。特に山中氏は見損なった感じあり。然し自分の片意地も相変わらず強いものだ。

夜、中秋節で警士達の家を廻る。堀氏同行。周保通、李、智、特に周保通のお母さんが喜んでくれたので嬉しかった。この三日、雨が降り続いているが、実に陰気ないやな思いだが、この警士達のもてなしは心から喜びたい。言葉は通じなくともぴたりくるものを我々人間として持っているのだ。やはり貧しい者達の中に親しみの多い者が出来てゆく。彼等の感情は素直に我々の心の中にとけこんできて、真裸だ。これが何よりの美しいもてなしだ。周は特に心がけてやっている人間だけ、彼等が自分の帰るのをとめると心をひかれるものがある。

十月九日

毎日雨だ。日本の梅雨時のような淋しい、うすら寒い感じでみたされる。外からと内からと両方より迫ってくるこの感情は、みじめなまでに自分をうちくだきはじめる。

強い感情は反面、淋しさをおしきってゆかねばもてないものだ。人と相争うことは、何とも言えない苦しい淋しいものだが、これを押し切って突き進んでゆかないかぎり自分達の主義主張は通らないであろう。

雨の降るさまをみつめていると、心おのずから湧いてくる人生の行路、汽船の港をたつ日の如き、そこはかない悲しみを、玉の如くかみしめている。自分の言いたいところを真っ直ぐに言う。自分としてはこれ以外の道は知らないのだ。

そこにはわりきれないものが残った。これも同じようにうれいとなって心のおく深くをかむ。

山中、島村両氏に火の如く言う。この火の如き情熱をもてあましている。然し、火の如くあれ、火の如くあれと吹き上げてくる情熱をせきとめることは出来ない。

本部宛の決算報告書

十月十日

今日で四、五月分の紛失した本部宛の決算報告書が出来た。これで一安心だ。

雨があいかわらず降る。なんと降り続く雨だ。これ以上、降り続いたら心にもかびがはえてくるだろう。

平凡な一日だ。こんな一日こそ本当に平凡という二文字で表される一日だ。

将棋をやったり花札をやったりしてわずかにうさを晴らしている。これ以外にすべはないのだ。

候馬に一度、行きたいと思うも、雨、又、雨ではどうすることも出来ない。

橋が流れるのが心配だ。橋がなくなれば新絳もみじめなものになってしまう。

県公署の連中とも顔を合わせない。合わせることの少ない日が続く方が平穏でよいのかもしれない。

気がいらいらする。これを突き抜けて走り出したいようだ。表面には出ないだけ、強くかなしいかたまりだ。酒にも女にもまぎらわすことの出来ない、その心をもてあましている。

外でこんな仕事を見る人は働いていると思うだろう。然し我々は内にはいってみると失望するものである。

十月十一日

雨、尚続く。

経済工作の小西氏より朝鮮P*のことについて話あるも、内容上、あまり面白くなしと感じたが、今迄の間柄上、やってみる。適当な女を一人、小西氏が見つけて、これを今のP屋より引き抜き、今度、叔父さんが来て、この商売をするものの中心の女としてやってゆきたいとのことである。身請け話だ。P屋の親父をよんで話すが強固に頑張る。小西氏の妻子のこと（見うけご）と年齢、及、又商売をさせると言う事、今のP屋に来て何日もならないとで、すでに意地になって頑張っている。とうとうまとまらないで帰らせた。無理な話はどこまでも無理なのだ。小西氏のやりかたも少しひどいし、直接に本人にそのことを強く言ってうちきらせるようにとも思うが、これが大きく表面にでも出ると、経済工作隊のことにもなって来て変な問題になるのではないか。あんまり利益をおいすぎて、損をまねく結果になりはしないかと思う。

戦地でももうけ話はいつもいやな影がつきまとっている。この態度は喧嘩両成敗とでも言うところであろう。たずねてくる人もなく、雨に打たれた木のみどりの葉を見つめている。

＊　慰安婦。

十月十二日

雨、初めてあがる。こんな気持ちのよいことはない。

与那嶺中尉来る。二人で経済工作隊へ行く。ここで鴿撃ちに行っていた連中の帰るのを待って酒盛りをやるべく麻雀など始まる。手持ち無沙汰なり。小西氏明日、候馬鎮へ行くとの事、何処までもつきつめてゆく勇気ありや。話がもつれてしまって、今はなんとも致し方なし。酒盛りを始めている内に、何とはなしにおもしろくなくなり工作隊より帰る。

野球の試合をやっていれば、このような退屈から逃れられるかもしれないが、今のように暇ではなんともしかたがない。

十月十三日

大いに天気良し。晴々とした気でキャッチボールでもやる。堀氏とともに名投手ぶりを発揮して、あまりやりすぎて肩がいたくなる。

軍隊側と野球の試合をするように与那嶺中尉が話をするので、こちらは地方人として対抗戦をやることにする。これは負けても勝っても面白い勝負だろう。

小西氏、朝鮮Pと共に候馬鎮に行く。これではどうすることも出来ない。小西氏としてもそれを承知でやった事であろうから、無理に首にかんすることでも敢えてやるであろう。

糧秣受領に行った連中は元気で帰って来たが、慰問袋も何もこなかったと聞いたので悲観した。

仕事は愛護村関係のが大分残っているが、このままやっていけば大丈夫やってゆけるであろう。

十月末迄に候馬鎮の方もやりたいと思うも、実行不可能らしい。

今度ははりきって、冬に向かうため農園計画もたてて思う存分、やれるだけやってやろうと思う。

一〇八班への転勤命令

十月十四日

明日の野球の試合のため、練習をしようとはりきって球を投げる。天晴、名投手のつもりだ。肩がいたくてとても長く投げられない。これも駄目な事だ。野球も面白い。久し振りの運動なので、汗をかいたのが実に気持ちがよかった。練習をくりかえして班へ帰る。丁度、一一中隊の浅野准尉が来ていて、沢之鶴一升下げて来ていた。皆が酒を飲んでいる最中、候馬鎮より手紙が来る。

転勤命令だ。一〇八班へ行く事となる。所在地不明なので指揮班宛電報を打つ。

早速、この旨を経済工作隊へ通知する。これでこの前の送別会が役立ち、餞別をもらった埋め合わせがつくと言うものだ。十七日までに指揮へ出頭するべく荷造りをする。中々荷物が多くなったものだ。夜、警備隊長に会ってこれを話す。転属となると、又、心残りがする。

皆、前線地方だと言うが、然し満鉄社員は後方に変る様になっているので、そういうことはないと思うが、よほど前線向きに出来ているのだろう。人が皆そう言う。

送別会

十月十五日

朝早く一一中隊長与那嶺中尉来る。野球だ。こうなればやらねばならない。早速、メンバーをそろえるも、経済工作隊の連中は来ない。ショートをやったり大きなヒットを打ったりして中々の名選手振りだ。珍プレーながら面白く愉快に試合を終る。四八対一二の惨敗だ。

夜、送別会をやる。自分としては特別な感激なし。淡々とした態度なのがうれしかった。もっとも自分を熱心に送ってくれる者は去ってしまって、新任の連中と島村君だけだ。然し野球の試合で仲良くうちと

夏門古堡と汾河

けた浅野准尉が、初めてあって、すぐ別れることを悲しみながら、よく歌ったりさわいで、愉快にやってくれた事はうれしかった。警備隊長、与那嶺中尉、川西軍医中尉、経済工作隊の連中だった。

山中氏に送別会後、人間批評を一言やる。自分はいつの間にか性格的に強くなったようだ。このように人に向かって直言出来る性格になっている。この態度で以て真っ直ぐに人にぶち《ママ》つかって行く時に人間としての勝利が来るだろう。

八　新工作地正定——十月十六日〜十二月二日

新絳城を出発

十月十六日

朝、新絳城を県公署、及、他の連中に送られてあとにする。またと見ることはあるまい。この城に対して限りないなつかしみと親しさを感じる。愛着の情胸をうつ。やりのこした仕事、今から建設しなければならないこと等、万感胸に満つ。

汾河の流遠く、城影淡くなり始めた時、七ヶ月の自己の仕事や、民衆に対するうれいや、警士達、若い連中へのなつかしみで熱くこみ上げてくるものがある。昨日も周保通が卵を百、別れと言ってもってきてくれた。彼等の感情の中に流れる血潮も、又、我々の中に流れる血潮も同一に赤く清らかなのだ。国を超えて大きく前進する人類の世界が広がっている。

歩いて三里の道だ。候馬鎮。街道も又ふむことやら。この日本の田舎の景色に似た土地も、再び郷愁の如くあわいものとともに流れ去ってしまうだろう。

汽車が不通だったので、明日から初めて運転を始めるそうだ。候馬に於てささやかな送別をやる。下村、蜂屋、小西氏等、小西氏とは激論をやる。人を侮辱したる事を言うので、朝鮮Pのことについて。

十月十七日

候馬鎮を正午出発す。新任の蜂屋君、赫と一緒だ。聞喜迄の鉄道沿線がすっかり耕されているのを見ると、何か麗しいものを見るような感じに満たされて来る。こんなに支那農民達は復活しようと急いでいるのだ。それは自己の生活を建設しようとする一心からである。平和であればこのように農民達も苦難な状況におかれるのではないであろうに。戦争によっておしつぶされたこの地方、そして何時までも続きそうな戦争の重苦しさの中で働いてゆかねばならない農民達に心からなる同情をする。支那民族の強さは、保護されない、自己の運命は自己によって築いてゆくと言う、この環境によって創りあげられていったのだ。このような生活は人間に不屈なものと、尚かつ正反対なあきらめをあたえる。

この農民達が起ち上がったら、実に恐るべき力だ。現在、宣撫班のやっている農業政策は何らの理論なくこれによって支那農民を指導することは出来るものではない。農民を見つめろ。そこから初めて勝利が生まれてくる。

聞喜に四時頃着く。運城行きの自動車があったので乗って一台にてゆく。運城方面も田地の耕作はよく行っているようだ。農民のみの力だ。

運城に七時着。行く処は河村部隊*一〇八班だそうだ。班長は臨汾にいた春原君だ。

＊　独立混成第四旅団長河村董少将。

共産軍の本拠への好奇心

十月十八日

師団長*に転任の挨拶をする。李中佐、寺尾参謀に会って師団本部を出る。松本の野郎とはこのまま別れになるので気持ちが良い。我々としては今日迄の彼の行動を知っているだけに、彼によって我々の工作地がかき乱されると思うと残念だ。このまま別れて去ることはどうも気になる。

新絳地方は今からと言ってよいところだったのに、この地方と別れ、河村兵団付になって行きたくはない。然し僅かの慰めは、河村兵団が北部山西の守備をやっているということだ。その他どの地方に行くとも心配なしだ。五台方面には是非行きたいと思う。共産軍の本拠としてならして、今日までおちなかった処だけに行って研究してみたい。其の他の地方に行きたい処はない。

運城、正午出発する。雨にて候馬―聞喜が開通していなかったので、現在ではどうやら開通出来るようになったので、今後は是非共、これを確保してゆかねばならないだろう。敵の状況は依然として昔の通りだ。

聞喜に着く。一泊する。大平、猪原君の世話になる。明日は候馬鎮だと思うと一日も早く帰りたい。村上、佐藤、三条の連中に早く追いつきたい。新任の班へ行く河野君の事は、どうも今後一緒ではうまくゆくまいと思えるふしぶしあり。

＊　牛島実常中将。

十月十九日

候馬鎮に帰ろうとして聞喜を出るも、駅に行くと今日は候馬には汽車が行かないと言うことで悲観していると、モーターカーが出るそうだから、それに乗って行くことにする。待っても待っても来ないので、二人で駅前の広場にひっくり返って空を見ていた。青い空に白く輝くような雲が浮かんでいる。ふと色々の追想が胸をうつ。聞喜の籠城もひどかった。ここには犬を食ったりラクダを食って生きていた兵士達がいたのだ。

この今になってみれば物音もしないあの林、あの丘、その上で、中で、怒りに燃えた中国軍の砲が火をはいていたり、又、機銃がたえまなくぶっ飛んでいたりして、人間の死に対する恐怖と闘争心がいりまじって、血みどろに戦っていたとは誰も気づくことは出来ないだろう。自然は平和である。この平和をきり破った者達の前に、喜びもない人々が生命をもてあそぶように斃れてゆくのだ。支那民衆もあわれ、日本民衆もあわれだ――――。空の青さが目に痛い。

五時頃、運城より初めてのモーターカーが来る。それにのる。鉄道隊長河野大尉□□□□。非常に気持ちよい。候馬に一時間半でつく。□□□に帰ると、村上、佐藤氏等もいたのでほっとする。汽車不通だったとのこと。中国兵の線路破壊のため。

南山西の苦難との別れと旅の喜び

十月二十日

候馬鎮、懐かしい分班時代。一人で責任を持ってやっていた、この初めての体験とも別れて、いや南山西の苦難と別れるのだ。そう思うと心に涙ありだ。次々に脳裏に浮かんでくるのは、籠城時代、及び、自分がここに初めて着いた時の動揺していた、心理的に幼かった時代、とにかく今は一つの何物かを心の中に建設している。

南部山西よ。思い出多く、去りゆくものの姿あわれ。列車事故のため、十二時発の予定が約五時半近くになる。列車内にて村上、佐藤氏等と共に初めて一緒に旅をする喜びを感じた。特に三条君とは初めてであったが、すっかり仲良くなった。無蓋車の旅は心にゆとりをあたえてくれて楽しい。このように物に束縛されぬ気持ちこそ尊いのだ。ここに全ての物が派生する原因があるのだ。

暗い旅を続けて、臨汾に十二時近く着く。臨汾の中村徳右衛門さんの処では案外歓待された。闇の中ながら、臨汾の街がすっかりみがかれて都会らしくなっているのには驚く。

十月二十一日

臨汾を朝早く立つ。今日は介休だ*。あこがれの介休。ここ一歩一歩、太原に近づいて行く気持ちは何とも云えない。今日のコースが一番危険だ。三月、ここを下る時も危険だったが、今なお危険なのだ。ここに我々の考えるべき新中国の運命があるのだ。

霍県、霊石等を通過するとき、意外に平穏だった。然し霍県で駅から河向こうの高地に盛んに大隊砲をうちかけていた。平遥をすぎて約五キロぐらいの地点から一〇〇〇メートルぐらいの破壊箇所があって、村民を集めて修理しては進み、修理しては進みして色々やっていた。杞県について、又、破壊されていると聞いた時はうんざりした。実際、我々の想像以上に悪い。後方地区は八路軍の真剣なぶっつかりのため非常に悪く、かえって前線地帯の方がよいのだ。大谷をすぎて自分等の列車と入れかわりに下って行った列車が次の駅で襲撃されているそうだ。我々は前へ進む。

介休に夜十時頃着く。列車内はもう寒くなった。介休の宣撫班に一泊する。ここで我々の行く先が正定であることを知る。

介休

＊　山西省介休市。

山西の省城太原に着く

十月二十二日

介休発九時。三条君より写真を一枚撮ってもらう。元気良し。

今日はいよいよ太原だ。谷萩モンロー主義下に於ける太原の政治経済の発展はどうなっていっているか。列車の中で村上、佐藤の連中は酒を飲んでさわいでいる。

色々の事故のため太原着、十一時すぎる。山西の省城太原、ここには破壊の時代を過ぎた建設が着々として行われている。

コレラ発生のため、防疫にひっかかる。軍属は問題外であることがわかって無事通過、いよいよ太原入城。思い出の太原。

兵站にゆき北支ホテルへとまる。三条、川下、赫と四名一室に泊まる。佐藤氏等は別室。太原着により皆の気持、晴々としたものとなる。

日本人は肩をそびやかして歩んでいる

十月二十三日

太原の街をぶらぶらしながら朝風呂に入る。十日振りぐらいの入浴だけに気持よし。省城太原は我等の前で輝くような光を投げかけている。日本人のカフェ、食堂の何と多くなったことか。道行く人々は日本人が多い。ここにも事変によって変化した支那風景がある。支那人は黙々として歩んでいる。それ以上にとるべき道はないように。我々は日本人であることをどれだけ彼等の前で誇っていいのか、それが問題だ。

日本人は肩をそびやかして歩んでいる。征服者のように。征服した者の勝利は、この城内、僅かばかりの地点でしかないのだ。これも、何も知らないで安心していられるものこそ幸福なのか。

倉橋さんに会う。村上さんもいた。三条君と一緒だ。八木沼班長に対する不平は相当皆の中に流れている。理論的にも精神的にも自己のみの利益を考えて□□□□問題は出発しているのだ。

夜、カフェ日輪へ行く。三条君と一緒。初めて接した日本の着物、日本の□□□□にうたれる。幾年振りかの□□□□□

十月二十四日

上紡の事務所をたずねたり、マッチ工場の事務所をたずねたりして面白くなし。何もやることもないのにぶらぶらしている気持ちは呑気でよいものだ。

哈爾浜の安武君をたずねて、指揮班へ行く。寿水君も北原君も哈爾浜に帰ったそうだ。河野君、川下君、三条君等と食堂カフェー等を昼から廻る。こんな風な生活感情ははたして健全なんであろうか。自分の工作地をはなれて来た悲しみや苦しみはどこへいったのだと思う。苦しんでいる支那民衆は、一滴の酒も口にせず、ただこんな風景を傍観している。酒に酔う人々の何と多いことか。太原に着いた喜びが、ここまで自分を引きずって来たのならば実に哀れである。

夜、日輪へ行く。ここのＮｏ１を見る。弘子と言うそうだ。こんな美しい日本の娘を見るとかなしい郷愁をおぼえる。女の魅力がぐんぐん心の奥まで喰入ってくる。あゝ夜はふけゆく。

本部の多々羅氏に会う。ここでも又、大きな声で日本的な喜びをのべて、いつしかこの雰囲気にひたっている。

十月二十五日

太原の最後の日だ。なつかしい思い出の街太原の街をゆるやかに歩む。街々に大きな建物がならんでいる。そこには一通りの生活が、安易な人間の営みが行われている。これは支那の民族戦争に何等かかわりなく、自己民族の興亡と無関係なる如く、実に無関心な安易さだ。愚かなるそれのみではわりきれないものが流れている。人間とはこんな風な幸福を、戦をきょぜつしているのかもしれない。日本人でもこうなのかもしれない。安易なる幸福、ここに人間のあきらめの悲しさがあるのだ。阿片なのかも知れない。

恋愛もそうだ。苦しみを抜け出るための阿片なのかも知れない。

閻錫山*の努力もこんな風にあわれにもくだけはてるものか。人生の事業とはこんなものだろうか。一個人の力を超越した時代の流れ、これに抗することは出来ないのだ。

支那民族の興亡、これにのしかかってゆく日本民族の冷酷な容貌よ。強くたくましく時代に生きるものはだれだ。

首義門にも行った。ここにころがっていた支那兵士の死骸も昔の夢となってしまったように、抗日の声も表面はぬぐいさられたように静かに苦力達は汗を流して自己の直前の仕事にはげんでいる。希望なき生活よ。誰がこの人々に希望と安定をあたえるのだ。

昼、二時頃、三条君と一緒に日輪へ行く。ここの弘子の娘らしい姿体と態度に圧倒されている。これも田舎の生活を長くやったせいかもしれない。

写真を三条君が撮る。その瞬間、冷たいとも、ひややかともとれる容貌に女らしいはにかみがうかぶ。こんな顔は実にきれいだ。静かな女、美しいということに自信のある、ほこりある女、それでいてとげとげしさが浮かんでいない女、こんな女を求めて自分はさまよっていたのかも知れない。美にひかれるのは人間だからだ。三人でゆっくりと話す。夜、スタンバイまでいてこの女《ひと》の顔をみつめている。別れることがむしょうにつらい。この女《ひと》の顔のみに烈しいひとみをなげかけている。この女《ひと》もそれは知っているだろう。心にかよう温いものがちらと感ぜられる。旅人を明日送る。この旅人のしがない心をふんわりとなぐさめているような態度だ。

旅人と女。二つのものを結ぶものは別れだけだ。酒場の女として接するよりも一人の女として接している。この女《ひと》は俺の気持ちを、〝この別れの哀愁〟を知ってくれて最後まで自分のところに居てくれるのだ。これはこの女《ひと》の職業がそうさせるのかもしれないが、然し俺は俺としてこの気持ちにひたって別れの淋しさをいたわっておればいいのだ。

美しい女《ひと》よ。君の瞳と顔の如く、時代は清らかではない。この女《ひと》もやがてはあらゆるものにもまれてこの清い姿をなくするのであろう。握手をする。最後かも知れない――

闇に遠ざかり行く洋車のあかり。そこにはもえてほのかな愛があるのかも知れない。

七人姉妹の末っ子。名は楠弘子だ。

ひとみ冷めたし
ふるさとを想う
烈しきほのお胸に湧ききて
男の子かなしや黙って去りゆく

×

君を恋う　ひたすらに恋う

×

烈しき
苦しきこの胸抱きても
火の如く燃ゆる我にしあれば
言葉口にいでず

＊　一八八三～一九六〇。〇四年、日本留学、陸士卒〇九年帰国、辛亥革命に呼応、山西都督となり、以後、山西省での最高実力者となる。三〇年の中原大戦で蒋介石との対決に敗れ、一時、大連に亡命したが、山西省への影響力は持ち続け、三二年には山西省権力者に復帰、国民政府の要職にも就いた。日中戦争中は、太原失陥後も、日本軍への抵抗を継続したが、一面、勢力を広げる共産軍とも次第に対立を深めた。戦後は国民政府の要職に就き、国共内戦に敗れると蒋介石と共に台湾に渡り生涯を終えた。太原は閻錫山にとって本拠地であった。

十月二十六日

太原を朝九時の汽車にて立つ。昨日いだきたるくるしみ今もなお胸にあり。三条と二人で昨日のことを口にして去ることのかなしみますます胸に強し。

太原を去ること遠くなるにつれ忘れることのできぬもの身体をやくことを知る。あわれ男の子。村上氏と二人で話す。初めて彼と心とふれ合った話しをする。宗教に近づいてゆく心も、恋愛に近づいてゆく心も、皆同一なるべし。大いなる苦しみを青年は味わっている。祖国が苦しんでいるために我々もそれを苦しんでいるのだ。祖国とは――――。陽泉で三条と別れ、河野君、赫と三人で下りる。三条と別れることは彼女の思い出とわか

対岸に鉄道が走る汾河。臨汾市付近

れることにも似て切ないものだった。

山下三吉等に会う。一日も早く石家荘にゆきたい。明日出発することにした。

陽泉は最も想い出の多いところだ。ここは三月、はじめて宿泊して現地らしい気分にひたったところだ。

着任挨拶

十月二十七日

陽泉の河村兵団にて参謀に会い着任の挨拶をして出発する。列車中にも退屈なり。陽泉にて列車にのりこんだ時、弘子に似た女をみてはっとした。これもあわれだと思う。

陽泉の石炭に対する将来性は莫大であろう。今にこの街は大資本の手により工業都市となるであろうが、其の時まではたして何年何十年の日月をようするであろう。

娘子関をすぎてすすむ。瀧もひさしぶりだ。この瀧に幾多の兵士の血がにじんでいる。小糸瀧の名はかえってこの地方の血のにおいを高くするものだ。二度見た処、それも貨物列車の上でよくみた処だけに印象に残っている地点ばかりだ。

石家荘着。連絡班をたずねる。三条も渡辺もいない。喜楽食堂で彼等に偶然会う。渡辺の歓待をうけて、あちらこちら酒の場所を廻るもうれしくなし。三条と二人で太原の女《ひと》のことばかり話している。三条と一緒に支那宿にとまる。

石家荘

十月二十八日

朝より石家荘の街を見物す。石家荘は八ヶ月ぶりの再会だ。この街は満州の支那街みたいにすっかり混雑している。ほこりの街だ。我々が三月来た時、こんな風ではなく戦乱にふるえている印象だったのに、今はまったく違ったものとなって現れてくる。

戦乱をすぎると、ここはもう自分達の街ではなくなった様だ。モダンな男や女やカフエ料理屋が二百軒近くも出来、我々の建設時代とは無関係な相貌をしている。我々はこんなはずではなかったのに、こんな風に街をなすために死ぬような苦しみを抜け出して戦ってきたのであろうか。この戦後の街は人類の文化の要求する何物ももっていないのだ。理想とはかくもあわれなものだろうか。建設的な健康な息吹を忘れた街、戦争はこのように何物も文化的なものを建設しなかったのだ。

三条、中村君と会う。中村君とは新絳以来、すっかり弟みたいになってきた男だ。井手口君、四人で支那宿にとまり、朝四時近く迄、太原の弘子と理想論に花を咲かす。

新工作地正定

十月二十九日

新しい工作地正定へ向かう。

昨日、三条とは弘子のシャシンのことですっかりあらそったが、これもあわれな話だ。美しかりし人に対する想い出も又あわれ。然し、三条は別れる時、写真を持って来てくれた。黙って彼の心理がつかめないほど、うちこんでいたとすれば、俺も又かわいいところがある。若々しい情熱で火の様に燃えたこのごろの幾日、――――花弁のようにはらはらと散るにはあまりにも強すぎる火だ。火だ。情熱は火となって燃えている。

別れることのかなしかりし　　闇に消えゆきぬ
振りかえることのくるしかりし　　その人のこと
我が心は火と燃えぬ

正定につけば漢口陥落の慶祝大会行われありたり。これに参加す。宣撫班は小さなきたないところにいた。春原君と会う。好人物なり。県顧問との間に相当もめたそうだ。この時は早く来ればよかったと思った。

漢口陥落慶祝大会

十月三十日

漢口陥落慶祝大会、県公署にて行われる。ここにて此の地方の要人連中を見る。警備隊長は呑助だが話せる男だ。顧問は馬鹿野郎だ。

夜、宴会ありて、今田戦車隊長と警備隊長と喧嘩する。支那人の前で馬鹿な事だと思う。これが島国根性だ。とにかく何を言っても俺の気持はみだれている。少しも落ち着かない。女に会い、きれいだと思えばこんな風になる。熱情漢でありながら、これを自らやぶった愚かさだ。女禁制のふだを立てるには、あまりにも若すぎたのかも知れない

新民会の主事と会う。これに宴会から家へとつれてゆかれる。熊田中尉なる人物に会う。それから、ひなにはまれなる女とかいう奴のいる家に飲みにゆく。面白くなし。

十月三十一日

心みだれたり　　　　　ぎんなんの実の固き固き
吾はひとしれず庭に出た　固き実を踏みつぶしたい心
花が散ったように枯葉が　秋は
黄ばんで散っている　　　冷たく心にしのびよれど
ふるさとのことを想う　　あゝ　柿の赤く
熟れたるかなしみ

○　漢口陥落に関する行事あり
○　柿を腹一杯食ってもやはりみちたらぬ心
○　昼過ぎ、三時の汽車で石家荘にゆく。渡辺と会う。彼も失恋か、純愛になげく。これをなぐさめたき心しきり。これは又自分の心をうつものである。

十一月一日

○石家荘のごみごみした街にいて楽しきことなし。石家荘はほこりの街だ。街の中でみにくいものがわめいている。

人間であるより、ここには金銭の影があるいているようだ。

○正定間の汽車は快し

○何か食いたいと思う気、しきりなり

○人を見ればあきたらぬ気持

○南山西の夢で一杯だ。あの土地、あの人

あそこには理想があった。下村氏を想う

山中氏を想う。みんな生き生きと生きていた

○自分一人、ここに来てみれば死ねと言われたのと同じだ。心高く信じているも、人間なればうれい多し。

○青空が眼にいたい。いたいはずだ。恋をしている

十一月二日

△一人留守番をしたり。旬報を書いたりしている。旬報を書けばそれだけの気持ちだ。

△笑う男。笑ってすませたい。そんな風に変わってきた自分だ。ここには闘争がなさすぎる。闘いのあるところこそ自分の生きるべき処なのだ。

△ほっといても一人で立ちなおる男かもしれない。そこに苦しみがあるのだ。

△女をみつめていることによって、この人生苦から、理想からのがれようとするのか、それはひきょうだ。

△平凡に徹してみたい。人間の中に、人間を本当のやわらかな人生をみつめたい。

（十一月三日～二十七日までは空白）

「没法子」

十一月二十八日

△一日ぼんやりしている。それ以外は道はなさそうだ。

△仕事はある。しかしこれが仕事かというような仕事だ。

△米倉君の手紙のことで、小牧君と遅くまで時局について語る。とともに最近の感想心境を語る。

△欠伸をしてのんびりしてきたことはいいことだ。これも三条のおかげだ。

△人間、物事のけじめがきまるといやに落ちついてくるものだ。おれは其の点、支那人と同一かもしれない。「没法子」。これは俺の全感情を貫いている。

△日本人が支那人に対して解らないというものがわかるようだ。支那人に対して没法子以外の言葉を忘れさせたのは時代だ。俺も時代によってその没法子をとなえているのかもしれない。

十一月二十九日

津吉氏来班。赴任してきたる落ちついた気持ちになって誰に対しても議論したい時だ。大阪時事新報の従軍記者をやっていたそうだから、挨拶のとたんから口をついて次々にあらゆる方面に対する感想をのべる。

あっけにとられていた形だったが、俺は拍手欲しかったので、小牧君ではわからないし、自問自答のつもりでやったのだ。

津吉君も快く自分のことを話す。これなら面白そうだ。二九だそうだ。

小牧君に石家荘に行ってもらう。雑誌を購入のため。

十一月三十日

愛護村の書類をまとめてのんびりする。あとは明日旬報だ。これがおわれば支那民衆に対する講演案の作成だ。仕事らしい仕事はないが、どうにか人間らしくやっと立ち直れた。これも三条君のおかげだ。おれのため、わざわざ半分、太原に行ってくれたことを感謝する。みんなよい友達をもっていて幸福だ。

新民会の池谷氏のところへつよしくんと二人でゆく。ここでこだわりのない笑いを笑う。これで男らしいすっきりした気持ちになれた。心待ちに待っている太原のたよりも、こないものだとはあきらめているが、時々センチメンタルな自分になる。

自問自答

Δ　なにが淋しいのだ

○　生きているから淋しいのだ
Δ　結婚とはなぐさめられたいからするのか
○　そうだ一時の気持ちをやわらげるためだ
Δ　それによって一生支配されるのを恐れないか
○　恐れている。だから真剣だ。

十二月一日

毎日くりかえしていることは退屈の連続にしかすぎない。ここに来て、建設的なものを求めようとする青年の気持ちはくだけはててしまったのか。どこに建設的なものがあるのか。これを考えさせられる。

梨本祐平の本が改造社から出ているが、この人の本なら現実の支那にふれているものがある。この人は真剣な一つの熱を持っている。目立たない存在かもしれない。文学の火野葦平などよりは地味な評論の世界であるが、彼が本当に認められはじめると、そこに新支那の発展があるのかもしれない。この方向へ人間の眼を今少し向けなければいけない。

この人は青年ではないかも知れない。有名な人間であったかもしれないが、自分は不幸にしてこの人を知らなかった。このような建設への道がもっと求められなければならないのだ。

旬報の原稿にも、支那農民救済が必要なことを書き誌した。農村問題こそ新支那を建設する、再建する根本があるのだ。

古びた地味な問題だ。然し、支那問題からこれを忘れていては何一つ解決できるものはないのだ。

新支那建設、これは日本官僚の墓場ではない

十二月二日

協和会と新民会の発展の相違、これは何か？　新民理論とは発展なきものではないか。然し、時代は理論を超えて統一を求めている。これが理論なくして、とにかく新民会を形づくった原因だ。理論なくして発展はなく、又、組織はない。これは実験室の苗以下のものだ。日本を統一する理論、現実の時代の要求を解決する理論はなく、観念の下に、統一されたものは古びた、新しく装えども古びた本心を抱いているのだ。新民会も日本官僚の古びた統制案によって支配されているのだ。ここにもすでに改革するものが現れてきた。

新支那建設、これは日本官僚の墓場ではないのだ。ここは新しい日本の革新的政策の遂行の戦場でなければならないのだ。

軍用道路の愛護村、この愛護村も単なる形式的な命令によって各班ともこれを規定して下らない有名無実の存在にしているが、愛護村民に要求する奉仕、これに換わるべき新しき農村

九　詩　篇―黒々と 書かれた文字は 東亜連盟論

無　題

ぼたぼたと落ちる
血潮のなかから
咲き出ずる花もある

×

ばたばたと斃れる
敵も味方も
皆、人間であるのが悲しい

×

進みゆけば
故郷の野にある
花に似た赤き花のあり

×

この夏木立の下で
死んでいった兵士の
顔に浮かべる微笑を知る

×

白骨となれる
支那兵士のふるさとに
母あれ、父あれ、悲しきはそのこと

×

暗闇のなかに
ランプが一つ光っている
その下で手紙書く手がふるえている

×

支那人という名の下に
卑しめられている群衆よ

賢そうな顔はしている

×

何もかもいやしめていれば
それで安心している
その心のおろかさを知る

×

さっとふせた、迫撃砲の
弾のうなり
草を固く握りしめていた

×

支那民衆のため
河を渡って敵前に来た
麦を刈る音の心地よき音

×

恋愛

手のあたたかみが胸にいたい

氷はとけた
激しい流れの音がひびいてくる
黙って向かい合っていることは
楽しく苦しい
花弁の一片落ちる音が
聞こえてくるような静けさのなかで

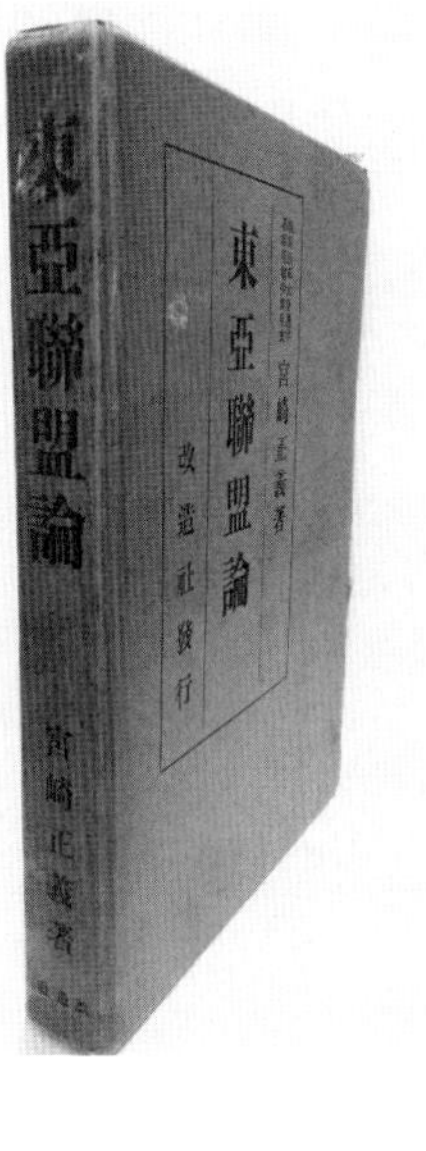

宮崎正義『東亜聯盟論』

手のあたたかみが胸にいたい

戦　争

犬の遠吠えが聞こえている
闇のなかで星がまたたいている
こんな空気のなかで
本をよんでいることそれ自体が
不思議なのだ
今日も又つみかさねてゆく
一冊の本　黒い表紙だ
明日のことを思えば
本がよみたい
だが深く思うと無駄なようだ
ロウソクの灯がまたたいている
またたかなければもえられないのだ
ひとみをあげて
ひとみをみつめた
黒い瞳はうるんでいた
別れの日

×

あたたかい血のながれ
ぐっとだきしめたい衝動を
おさえている、ここは戦場だ

×

別れはさびしいと
つぶやきながら
うるんだ目で
やけるように見つめていた女（ひと）

×

ただいきどおっている
何にいきどおっているか
わからない
外へ出ると明るい太陽がある

ふるさとの夢を見る
このごろの
吾のつかれをいとおしんでいる

×

啄木の短歌（うた）を一つ
思い浮かべた――
支那家屋から蒼空へ上がる煙

×

泣きだしたい
心を抱いて
短歌（うた）をもてあそんでいる
子供のように

×

わが思い通らぬ
いらたたしさに
ふと見つめた短ピストルの冷めたさ

×

なんとなくつづいた
ボロボロの着物の列
おしだまっている人々の心

運命

一つの希望を持って歩ゆむ
この淋しい希望はなくなっている
生きていること自体は夢でないのだ
流動した生活のなかに自分自身を
静かにおいてみつめていると
光が消えてしまったようだ
私は私の歩む道を知らない
不幸であればこれが
喜びなのであろう
暗くなる気持ちは失われてしまった
然し生きている以上

私達はいつまでも
心の奥底に一つの
苦しみをもたなくてはならないのであろう
流れる星も
一つの瞬間に光っているだけだ

人にこびず
通してきた吾の
ひたむきな心を
もてあましているのか

×

まっすぐにゆけと
はげましてくれた人も
吾と同じ人に入れられず

×

走しる列車内の
ざわめきのなかで
ぽつねんと死を考えている

×

理想とは何
理想とはなに
理想という言葉をもてあましている

×

正義ゆえに
ただまっすぐあるいてきて
物寂しいものを抱くとき
職場はなつかしい

×

人と人との間の
微妙な苦しみを知らず
とめようとする人の愚かさ

×

言いきって外へでたものの
おしよせるかなしみは何

吾は人に入れられぬ男と

×

支那農民は
黙って頭をさげる
それ以外のこびる道を知らぬは
あわれ——

×

一つの世界を見つめている
そこには子供が遊んでいる
貧しいボロボロの着物を着た
ここにも人間のいとなみが
物忘れられたように
小さな片隅で行われているのだ
人間と人間が
みにくくも殺しあっている
昨日の風景とは
変わったこの風景

私は私のなかの一つの
苦しみにさわられたように
物寂しくぽつねんとながめている

手紙受け取った
つたない文字であれ
そのなかに光っている、こころ

×

筆をとり何度
字のまずさをためらったことだろう
三昧とる女よ

×

苦しみにたえて
戦ってゆくと言ったそのこころ
その言葉を待っていたのだ

×

私は——と

ためいきするような
文字のくずれをじっと見つめている

×

明るく姉妹のように
兵士達に接してゆくと言った
その言葉

×

くずるるな
女は弱くとも
母は強きもの生活（くらし）思えば――

×

ふとみつめた
目と目のあたたかさ
だまっているのが息苦しい

×

悔いている泣いているとはいえ
明るく生きる

こころ失わず三味ひくを吾は喜ぶ

×

兵士等も淋しきこころ
なぐさめに歌も
明るくのびのびと歌えとのぞむ吾は

×

こころ静かに目をつぶり
おもいこらせば
浮かぶ面影、唇の色

×

寒々と戦場の夜はふけ
三味の音高し
人はけだもののみにくさを求む

×

友より便来る
友は又苦しみおれり
苦しみなかより

生まれ出ずるもの又尊し

×

戦場のひるさがりとはいえ
寒々と風吹く原で
友のこころ抱き走る

×

宣撫と言う文字に現れぬ
思想の深くあれ――
理論なき行動を悲しむ吾は

×

土地に生きて死する喜びを
吾はもてず
理想を追う、理想とは――

×

支那農民のかお
こぶく喜びに光れり
土にまみれたるものみな生きている

×

これは誰　これは誰と
知人の顔を思い浮かべて
群衆の前に立ちて

×

何も考えないで
生きているように思われる
支那農民に怒あり喜びあり

農民A

黙って手を出した
医者ににぎられた手は
血をふいて毒々しい
泥にまみれた傷口
いたいと言う言葉を
忘れはてたように
さびしく笑っている

言葉なく笑っている
顔をしかめて
ヒヒ……となくように笑っている

農民B

ほの暗いランプの下で
たどたどしく
つぶやいている
真っ赤なめやにだらけの
目をこすり、こすり
安たばこの煙にむせている
去年も食物がなかった
今年も出来が悪い
今年も又出来が悪い

農民C

笑っている
にやにや笑っている
一番大切にしっかと握っているものは
空っぽのビール瓶だ
大人謝々《たいじんしえしえ》
手をあげて
こっけをする
猿がみて笑うだろう
その顔の奥に
ふるぼけた没法子《めぃふぁーず》がひそんでいる

農民D

来た来た東洋鬼《とんやんきぃ》だ——
女子供はかくれていろ——
走ってくる
走ってくる
赤い紙をはりつけた
不格好な日の丸だ——

のろのろと
のろのろと
歩いてくる
赤い紙をはりつけた
三角の日の丸だ
皆んな日の丸を持っている

荒々しき怒りのなかに
吾はふと
野菊咲けるをかなしと思う

×

この心　この身
なげうちかなしみに
ひたらんとすれど国を思えば

×

わかものは国をおもえり
いたずらに
火となりはてて剣とりたり

×

火の如く吾は燃えぬ
若者のひたむき心
忘れはてねば

銃　声

ガーンガーンと
空気をふるわせて
伝わる銃声
床の中にふして
本を読んでいる
黒々と書かれた文字は
東亜連盟論
ロウソクの灯がまたたいた
日本よ
支那よ

満州よ
人は自分自分の心を奥にひめている
民族と人類　この二つのものが
流星のようにぶつかる
湯のたぎる音が
心にしみてわたってくる
ガーン　ガーンと
銃声は間近い
民衆は　百姓は
貧しいものは貧しいまま
土にこびりついて
其の日その日を
目的なくなやんでいる
権力にこびるもののみが
よろこびとたのしみを
もちつづけえたのだ
満人県長

これは自分の利益と
日本人にこびることと
それのみあくせくしている
東亜とは――
協同体とは――
戦争は第二期へ
建設へと移ったと言うものの
指導者として立つものの
みにくさ
特種階級のみが富めるのか
日本を思う
そこに満てる貧しきものの群
救いを求める人は誰
人、人の問題だ
理論を実行に移す
人間の問題だ
日本人の持っているものと

満州人の持っているものの食い違い
「支那は偉くなれる国、
もうけることの出来る国」
言っているその言葉が
その人間を動かす
中華民国の民衆と
直接接するのは誰だ
民衆は苦しんでいる
中間に立つものその思想は
にくむべき官僚主義だ
動かすことの出来ない
この現実
ガーン　ガーン
鈍くひびく銃声は
闇をやぶって
民衆のなげきの如く
民衆のいかりの如く
鈍く　ものあわれに
響いてくる
支那を思うことは
日本を思うこと
何となく流れる
涙をぬぐいとれば
ロウソクの光が
細くゆらぐのだ

食うに困っている百姓どもめ――
俺達が今から救ってやるのだ
日章旗が背後でひらめいている――
何でもいい、「食える」という
そのことばに　蟻のように群がってくる
蒼ざめた
黄土帯
土の香りの高い

観音土でもむさぼり食う
どんよくさを
百姓はもてあましている
無痴なる喜び
そのよろこびを胸にうけて
そりかえって神様にでもなったつもりだ

救済の麺

ひしめいて子供等は
正月のよろこびに
ふるえている、食うものはなくとも
×
ふたわんの白麺《ばいめん》をもらい
黙々とかえる
喜びも悲しみもうちひしがれている

戦　場

戦場は
感激と怒りを
なまなましく胸にわきたたせる

生　命

ふるびた
新しい
砂げむりはるか
ゆらぐ水は
忘れえないふるさとの夢

ほのかな光りが
ひよひよと吹く風に
みぶるいをしている
砂けむりはるか
忘れえないふるさとの夢を

光がひょうひょうとふく風に
ふきちらされて
すなけむり いつまでも
笑えと言えば 笑っている
子供の
汚れた着物が
つつんでいる
心

夕やみ
ひょうひょうと吹く
風にあたたかい故郷の
文をみにひそめて
光がひょうひょうとふく風に
ふきちらされて飛んでいった

豚がよたよたとあるく
凸凹の道に
すなけむりがまいていった
寒いよ、夕ぐれ
くずれおちた百姓屋の
どろ壁にもたれて
思うともなしに、ふるさとを想う

汚れた心

汚れた着物につつまれた
支那の子供は
笑えといえばいつまでも笑っている
田舎道を
豚がよたよたと歩るく
一匹、二匹、三匹、
なめた、馬糞の

魂の呼応
――石原莞爾と淵上辰雄――

野村　乙二朗

「士は己《おのれ》を知る者の為に死す」ということばがありますが、石原莞爾に対する淵上辰雄の姿勢が正にそうでした。石原に対する献身姿勢は何も淵上に限ったことではありませんが、石原の思想をほぼ同一次元で理解した上で、ということになるとこれはきわめて稀な例であると云わざるをえません。その何よりの証拠が、珠玉の日中戦争体験記としてのこの宣撫班『派遣日記』なのです。この『派遣日記』には、さらにそれを可能ならしめた、幼少期、北九州独特の風土から受けた原体験が潜んでいると思われますが、そのことはひとまず置き、この宣撫官としての挫折体験があればこそ、彼は石原の「新体制と東亜連盟」を読んで、これを「全人類を救う大文章」と理解できたのです。

淵上は一九一六年（大正五）三月生まれですから『派遣日記』を書いた三八年（昭和十三）は弱冠二十二歳になったばかりでした。旧制中学を出て満鉄に入り、この年、派遣社員として宣撫官に派遣されたのですが、淵上の面目は時局の真相を見抜く洞察力もさることながら、作戦重視で宣撫を軽視する日本軍の体質に逆らってまで宣撫官としての役割をまともに実践し、挫折した勇気です。戦時下、中国農民や市民を、戦争被害、とくに日本軍の暴虐から守ろうとした淵上の姿勢は、宣撫官というより、護民官とでも云いたくなるほどのものでした。

赴任した当初は、淵上も日本側の宣伝文句のままに「戦争は勝った。勝ちっ放しでは駄目だ。本当に勝つには敵を心服させなければならない」（四月十日）と自分の役割を並の宣撫官同様に受け止めていました。しかし、その彼が認識を改めるのにそれほど時間はかかりませんでした。それは彼が宣撫官としての職責を誠実・勇敢に果たそうとしたからです。

初仕事は中国農民からの訴えを聞き、日本軍と交渉して徴発馬を取り返してやることでした。単純な仕事ながら戦争の最中に占領地住民の生活を守ることは、占領軍にその意思がない限り容易ではありません。淵上も、最初はこの仕事がうまくいかないのは宣撫官の側に問題があるとみていました。ところが二週間後には早くも壁に突き当たります。「馬の件を二件片付けに行く。二件とも駄目だ。軍の作戦上といわれると駄目である。自分たちの微力さが解る」（四月二十五日）。問題は軍人の宣撫工作に対する認識にありました。西本大尉から「宣撫工作に対する軽視」（五月十日）を聞かされた後。「民衆の宣撫より、日軍の作戦への協力」（五月十四日）という旅団命令を受け取ります。

淵上の日本軍に対する信頼が決定的に崩れたのは五月から七月にかけて二ヶ月近くにわたる籠城生活でした。広大な中国では日本軍の占領も点と線に過ぎません。弱体とみられると忽ち敵に包囲されるのです。籠城となった時、狭量な日本軍の体質が露骨に表れます。日本軍には城内に残った中国住民に対する配慮がまるでなかったのです。封鎖されているから当然、食料が不足します。日本兵すら粟粥を食わされる状況のなかですが中国住民のことを考えない日本の軍人はきわめて楽観的です（五月三十日）。しかし淵上は深刻に悩み、六月に入ると、ついに連夜、住民達とともに命がけで城外に忍び出ての麦刈りまでします（六月九日〜二十一日）。淵上にとって我慢できないのは、そうした籠城生活のなかですら日本兵による中国住民に対する強姦、強盗が絶えなかったことです。「何をもって正義の軍と叫ぶことが出来るのだろうか」（五月三十一日）。

敵兵が引けば籠城生活からは解放されますが、淵上の宣撫工作と日本軍の体質との亀裂は深まるばかりでした。淵上の真摯な姿勢は中国人にも通じていて現地工作自体は可能なのですが、彼が「話した後、日本兵が強盗・強姦をするので困るから、何とかしてくれと頼まれたのには、自分の云うことなすことが、一つ一つ裏から叩き壊されてゆくような気がする」（七月十一日）のです。淵上は宣撫工作に自信を失い「百害あって一利なしの戦争の中にいて嘘を云って暮らすのにもあいた」（八月十四日）と書いています。

すでに「支那に於いて、一番強く知り得たことは、日本人は支那を征服し得ないということだ」（六月二十六日）と認めざるを得ませんでしたが、そうなると懸念されるのは日本が日中戦争をソ連との前哨戦と考えていることでした（六月八日、七月十九日）。

この頃から淵上は中国人に対する宣撫より、日本自体の政治改革に心を向けるようになります。「政治は戦争より大きい動きだ」（六月二十七日）と考える彼は、現実に日本の政治を動かしているのが軍人であること、その軍人が政治を知らないこと、「知らないくせに口を出すから変な状態になるのだ」（六月二十八日）と思わざるを得ません。八月になるとついに「政党運動」の必要を考えるまでになります。

「立ち上がることの必要だ。各自が痛々しいこの時代を貫いて主義に進んでゆかなければならない義務があるのだ。真直線に、大陸の民衆の苦しみは日本民衆の苦しみに一路につづいているのだ。……やることは一つだ。彼等と手を握り、一つの団体を作るのだ。政党だ。改革新党だ。今まで青年と、土より生まれた人々の手より離れていた政治をとりかえし、この非常時局に立ち上がるのだ。政治運動への進軍。同志獲得。これが残された問題だ」（八月二十二日）。

しかし弱冠二十二歳の一宣撫官に過ぎない青年にとって、ここに表明された希望はあまりにも重すぎる野心でした。少なくとも、この『派遣日記』に関する限り、淵上が再び「政治運動」を語ることはありませんでした。しかし私は淵上が「政党運動」をあきらめた訳ではなく、むしろこの記事がこの『派遣日記』の結論であったと考えます。

これ以後も淵上の『派遣日記』は続きますし、敵の三十三軍四二六団団長への帰順勧告や、村長会議開催等、如何にも淵上ならではの宣撫工作記事もありますが、持久戦争における日本の敗北を予想した段階で彼が情熱をもって宣撫に当たれたとは考えられません。淵上自身が云うように「人間、やればどんなことでもやれるものだが、ただ一つ不可能な事がある。それは自己の使命と相反する主義の下に情熱を持って働きえないということである」（八月八日）。「仕事に対する熱意なし」（九月十日）は彼の本音でしょう。

驚くのは、淵上が不可能と知りつつ「政治運動への進軍」を書かざるを得なかった三八年（昭和十三）八月が、正に石原が日本陸軍の体質に絶望し、退役して東亜連盟運動に入ろうとしたのと同時期であったということです。石原自身は慰留されて陸軍に留まりますが、彼が宮崎正義に依頼して書かせた『東亜連盟論』（改造社）はその年の十二月に刊行され、それが淵上の目にも届くのです。淵上が『派遣日記』の最後の詩編に「黒々と書かれた文字は東亜連盟論」と書いたことは、その後の淵上の針路を決めました。彼は満鉄を退社し、内地に帰り、東亜連盟運動に参加します。

京都第十六師団の師団長として、なお日本軍の体質改善に一縷の希望を懐きながらも、満州国での民族協和の再建に失敗した石原の挫折感は、そのまま淵上の山東省での宣撫官としての挫折感につながるものでした。この挫折感の共有こそ石原と淵上の魂を呼応させたのです。淵上が石原の「新体制と東亜連盟」を読んで、「此の書は内容と云い、文章と云い、一言一句もゆるがすことの出来、又、変えることの出来る種類のものではなく、神厳なる我々同志の魂、及び肉体であることを感じました」と感激し、「全人類を救う大文章」（『東亜連盟期の石原莞爾資料』二〇～二一頁）とまで激賞したのは二年前の宣撫官としての体験を背景にしていたのです。

淵上辰雄の『派遣日記』の原本は淵上千津夫人が所蔵されていましたが、今日は国会図書館憲政資料室に収められています。これを石原の『王道論』との「魂の呼応」として一冊にまとめて出版するのは野村の構想ですが、解説は原剛氏にお願いし、写真は窪田（旧姓山口）亮子氏から提供されたものです。出版にあたっては同成社の山脇洋亮氏と山田隆氏に格別のお骨折りを頂きました。

（二〇一八年三月）

石原莞爾《いしわらかんじ》の王道論《おうどうろん》と淵上辰雄《ふちがみたつお》『派遣日記《はけんにつき》』
―魂の呼応―

■編者略歴■
野村乙二朗（のむら　おとじろう）
1930年　山口県山口市に生まれる。
国学院大学卒業。都立高校教諭を経て国学院大学講師、東京農業大学講師を歴任。
著書　『近代日本政治外交史の研究』（刀水書房、1982）、『石原莞爾』（同成社、1992）、『東亜連盟期の石原莞爾資料』（同成社、2007）、『毅然たる孤独』（同成社、2012）
共著　『人間吉田茂』（中央公論社、1991）、『再考・満州事変』（錦正社、2001）、『その時歴史が動いた 15』（KTC 中央出版、2002）

2018年6月5日発行

編　者　野 村 乙 二 郎
発行者　山 脇 由 紀 子
印　刷　㈱　精　興　社
製　本　協 栄 製 本 ㈱

発行所　東京都千代田区飯田橋 4－4－8
（〒102-0072）東京中央ビル内
TEL　03-3239-1467　振替 00140-0-20618
㈱同 成 社

ISBN978-4-88621-796-7　C0021